U0693653

本色文丛 · 于晓明　主编

从神州到世界

张炯／著

海天出版社（中国·深圳）

图书在版编目（CIP）数据

从神州到世界 / 张炯著. — 深圳：海天出版社，
2014.11
　（本色文丛）
　ISBN 978-7-5507-1042-9

　Ⅰ. ①从… Ⅱ. ①张… Ⅲ. ①日记—作品集—中国—
当代 Ⅳ. ①I267.5

中国版本图书馆CIP数据核字(2014)第071610号

从神州到世界
CONG SHENZHOU DAO SHIJIE

深圳出版发行集团
海天出版社

出 品 人　陈新亮
策划编辑　于志斌
责任编辑　陈　嫣　曾韬荔
责任技编　蔡梅琴
装帧设计　王　璇
书名题签　嵇贾孜

出版发行　海天出版社
地　　址　深圳市彩田南路海天综合大厦（518033）
网　　址　www.htph.com.cn
订购电话　0755-83460293（批发）　83460397（邮购）
设计制作　深圳市龙墨文化传播有限公司（0755-83461000）
印　　刷　深圳市新联美术印刷有限公司
开　　本　787mm×1092mm　1/32
印　　张　7.375
字　　数　125千
版　　次　2014年11月第1版
印　　次　2014年11月第1次
定　　价　35.00元

海天版图书版权所有，侵权必究。
海天版图书凡有印装质量问题，请随时向承印厂调换。

张炯，1933年11月出生，1948年10月加入中国共产党闽浙赣区党委福州城市工作部，1949年4月，任闽浙赣人民游击队二纵三支队政委，后入第十兵团机关及部队工作。1955年考进北京大学中文系，毕业后分配到中国科学院文学研究所。1977年1月任《红旗》杂志文化组负责人；1979年后任中国社会科学院文学研究所当代室副主任、主任，先后兼《作品与争鸣》月刊主编、《评论选刊》杂志社社长；1991年主持中国社会科学院文学研究所工作，后任该所兼少数民族文学研究所所长和《文学评论》主编，1995年被选为中国作家协会副主席兼理论批评委员会主任，2006年被选为中国作家协会名誉副主席、中国社会科学院荣誉学部委员。此外，还担任中国当代文学研究会、世界华文文学学会等多个学术团体的会长、名誉会长。著有评论集和专著《文学真实与作家职责》《新时期文学评论》《文学的攀登与选择》《毛泽东与新中国文学》《社会主义文学艺术论》《社会发展与中国文学》《世界华文文学与中国》等20种。主编有《新中国文学史》（两卷）《中华文学发展史》（三卷）《中国文学通史》十二卷，并出版《张炯文存》十卷。曾获中国社科院最佳著作奖、中国图书奖、国家图书奖提名奖和鲁迅文学奖各一次，剑桥国际传记中心授予的20世纪成就奖。

小　序

张　炯

　　于晓明君主编一套日记出版。来信约我也编一本。

　　我已年届八十，一生坎坷，可谓风云跌宕，波诡云谲：少年时代参加革命，搞过学生运动和农村人民武装斗争，后入主力兵团六年，参与解放福州和沿海等战役，新中国成立后却因地下党被审查六年；后考进北京大学，经历了反右扩大化和大跃进，到十三陵水库工地和石景山钢铁厂、密云农村劳动过，毕业前参加过北大同学集体编写的中国文学史，毕业后还参加过国家文科教材《文学概论》的编写；1964年至1966年到农村工作，担任过大队党支部书记和人民公社党委委员、工作组组长和"四清"工作队副队长；文化大革命中编过群众组织的小报，又于孤村茅屋和废弃军营受隔离审查五年之久，失去了自由，也无法与人交往；粉碎"四人帮"后被调到《红旗》杂志任编辑和文化组负责人；1979年回中国社科院文学所工作，才有时间从事学术研究，1991年主持文学所工作，后兼少数民族文学所所长，并被选为中国作家协会副主席。2006年离休后被选为中国社会科学院荣誉学部委员和中国作家协会名誉副主席。平生经历不可谓不丰富，工农兵学商等各界人士和社会名流多有交往。如果都有日记，则应不乏广泛的史料价值和若干传奇色彩。可惜，我少年时代未记过日记，后从事革命地下工作并参加人民解放军也没有条件记。

1955 年考上北京大学后曾记了一年多，反右扩大化即止。此后几十年，便失去记日记的习惯。

上世纪 90 年代后，我因出国访问或到国内各地参加学术活动，间或比较详细地记几天所见所闻。及至完全退出第一线，有类闲云野鹤，闲暇时间能够自己支配，或参加某些学术会议，或应邀到高校讲学，或参与作家采风，或被组织去做文化考察，或自费去国内外旅游，见闻较过去为多，这才又做简略的日记。所以，于晓明君约我选十二万字左右的日记，我就选了上世纪 90 年代以来出访活动和旅行时所记的历程，类乎游记；还选了近四年日记中 2011 年的，也多有涉足各地的见闻。总题为《从神州到世界》，姑以飨读者，也许会有引起阅读的价值与兴味。平生大喜、大悲、大痛均不在此日记中，当有待将来的追忆了。

2013 年 2 月 22 日于燕郊

目录
Contents

德意志之旅

　　1991年五月末，我与文学所研究员、文学评论家张韧受德国学术联合会的邀请，到德国访问半个月。以下是我的访德日记。

1991 年 5 月 31 日

　　中国民航的波音747巨型客机自北京机场起飞，一直向西向西，不停顿地直飞法兰克福。

　　起飞时是上午九点钟，已经日上三竿。我们将要做十三小时的飞行，到晚上十时才能到达法兰克福。十排座的宽敞的机舱里正在小银幕上放映电影。我却准备打个盹，可到底也没有睡着。我是头一次访问德国，而且是在东西德刚刚统一不久，这会遇到什么情况呢，谁也说不准。我们代表团只有两个人：我和张韧，算是个文学评论家代表团。我们都不懂德文，又没有带翻译，此去人生地不熟，虽听说德国学术联合会将会为我们派翻译，但那是何许人，事先我们一点也不知道。所以即使眯上眼睛，心里总是忐忑不安。

　　飞机在万米以上的高空航行，一直朝着太阳飞去。这等于我们撵着太阳飞，因而太阳竟老是悬挂在高空，成了永不降落的太阳。时间从上午到下午，地点从亚洲到欧洲，在我们的感觉中，一切似乎都停滞了，不动了。这感觉是很奇妙的。我不禁想起毛主席的诗句："坐地日行八万里，巡天遥看一千河。"而我们则是坐地日行八万里，巡天"昼见"一千河了。

在飞机上用了两餐：午餐和晚餐。我的最大好处就是不管什么情况下，胃口都很好。所以我自然是吃得饱饱的。一看手表已经晚上九点半，飞机也明显地在下降。但从窗口向外看，太阳仍然老高老高，不过机翼下已可以看到欧洲的土地：郁郁苍苍的丘峦、金黄的田野、闪光的河流和蜿蜒的道路。

飞行高度继续在降低。不一会儿，法兰克福机场已经出现在眼底。飞机相当平稳地盘旋下降，终于冲向大地，冲向机场的跑道。

法兰克福是欧洲最大的航空港，航线四通八达，平均两三分钟就要起落一架航机。机场上停着许多来自世界五大洲的巨型客机。而宏伟的机场大楼就像一只伸开巨翼的蓝色大鸟，守护着那许多小鸟般的飞机。

飞机停稳后，我们就随着旅客们一起下机，沿着移动式的封闭甬道，进入了机场大楼。大楼里的墙壁、天花板和铺地砖一律呈米黄色。我们随人流走了很长的路，才来到领行李的大厅，领了行李，办了入关手续，提着行李向出口处走去。我正发愁如果没人接怎么办，谢天谢地，出口处正中有人已高举着写有我们两人汉文名字的牌子。再细看，举牌子的是一位穿着黑色连衣裙的栗色头发的姑娘。我们相见都很高兴。姑娘自我介绍说，她就是学术联合会派来的翻译，并且负责全程陪同我们访问。她还说，她曾经到北京大学学过三年考古专业，现在她是法兰克福大学的历史学博士生，自己取的汉文名字叫韦莎婷。她说她的汉语讲得不太流利，希望我们原谅。

韦莎婷找来行李车，帮我们装好行李，要我们跟她走。她说，按照日程表，今天我们将要乘火车去德国南部一个城市——弗赖堡，那是个古老的大学城。于是她领着我们穿过曲曲折折的机场大楼的过道，一会儿上电梯，一会儿下电梯，在我们晕头转向间奇迹般到达大楼底下的火车站。韦莎婷早已买好车票，所以我们很快便上了车，把行李也安顿好了。我不能不佩服韦莎婷的工作效率，看来她是一位精明干练的工作者，这个女历史考古学家！

这列火车是从飞机场通法兰克福市区的。车厢宽敞，旅客不多，可谓窗明椅净。我们刚坐好，车就开行了。车窗外可以看到树林、草地、小河，沿着河岸有成片成片的五六层高的楼房。不一会儿，就能看到法兰克福市中心的几栋高入云霄的大厦。

"这小河就是美因河。"韦莎婷向我们介绍说："那远处的高楼大厦都是银行，那一条街晚上很可怕！因为晚上人们都下班了，整条街都见不到人影，寂静得就像鬼街一样！"

不知怎么的，我感到她在情感上似乎很厌恶那银行街。

"请问，您是法兰克福人吗？"我问她。

"不，我父亲是汉堡人。现在我住在美因茨，每天坐火车来法兰克福上学。"她回答得似乎很坦率。

这个姑娘也许有二十七八岁，长得不算漂亮，但给人以诚恳、朴素的感觉。看得出，她办什么事总很有主见，对我们也很热情。我正想跟她多打听关于法兰克福的情况，车却减慢速度，缓缓驶进着高大天棚的车站，法兰克福到了。

"在这里我们要换火车，离那列去弗赖堡的火车开行只有十分钟时间，所以下车后，我们得赶快往另一个站台走。"韦莎婷向我们发布行动的"命令"。

站台很大，我们从第五站台拖着行李箱转移到第十站台，还要在十分钟内完成，真是紧张得可以！等我们完成转移计划，登上另一列客车，差不多每个人都累得满头冒汗，而且列车都开了，我们还没有看清法兰克福是什么样子。

列车驶离法兰克福，沿着蓝色的美因河河岸向南开去。太阳仍然照得老高，回首法兰克福市区的几栋高楼大厦却隐现于淡紫色的烟雾之中。

这是一列豪华的头等客车。车厢里乘客很少，许多座位都空着。每个座位都是铺着紫红色天鹅绒的沙发。车窗也很大，列车快速前进中可以清楚地看到两边路旁的草地、树林和村庄、城市的建筑。给我一个突出的印象是，沿途森林很多；田野和村庄很少见到人影，异常的宁静，也异常的干净；只有大城市才见到繁忙的车辆和人流。房舍一般也就四五层，很整齐，也很淡雅。

"从法兰克福到弗赖堡约三个小时，要经过墨海姆、海德尔堡、卡尔斯鲁厄等城市。因为弗赖堡是在德国的南部，紧贴着法国和瑞士的边界。"韦莎婷向我们介绍道。

我打开地图，找到所经铁路线的位置。原来我们正穿越南德高原，然后将沿着莱茵河谷一直向南。铁路线经过的地方属于巴登符腾堡州，这是德国的一个大州。而弗赖堡所在的巴登州则是德国的一个小州。从手表看，现在已是北京时间晚上十一时，将进入深夜，人们多半都已进入梦乡了。而这里的太阳仍然没有下山的意思，把大地的一切都照得明晃晃的。

列车的中部有咖啡厅。车行途中韦莎婷招呼我们到咖啡厅去喝点饮料，我们就欣然去了。这样就得穿过几个车厢，才发现普通车厢里乘客比较多。而在咖啡厅里，置身于许多金发碧眼的西方人中间，我和张韧两个东方人就显得太突出了。也许由于我们是真正的"老外"，几乎满车厢人都把目光投向我们，使得我们喝着咖啡，也有些不自在起来。幸亏后来又来了三个黑头发黄皮肤的东方人：两个女人，一个小男孩。一听他们谈话，很高兴地发现他们也是中国人。两个女人似是母女，而小男孩则是年轻女人的儿子。他们就在我们旁边的座位坐下，很快我们便攀谈起来，原来他们是从上海来的。年轻女人和她的丈夫都到德国多年，这次她回国特意把母亲和儿子都带到德国来，准备让儿子在德国上小学。现在他们乘这趟车到马德堡去。年轻女人说，现在侨居德国的中国人特多，一般都是先来学习，毕业后就设法找个工作。

听她那么说，我不免有些感慨！德国工资高，这就是吸引人的地方，什么时候我们才能把这些外流的人才吸引回去呢？

车到墨海姆就可以看到莱茵河谷，看到潺潺流动的不算宽阔的莱茵河。列车沿着莱茵河东岸向南驰行，河谷东边连绵不绝的山峦，那就是德国南部有名的黑森林山。

告别上海女人和她的孩子、母亲，我们回到自己的车厢。太阳这才向莱茵河西岸的山顶落去，并在天际烧红了一片晚霞。车已过马德尔堡，前面的一站就是终点站弗赖堡了。

弗赖堡是德国西南部的一座小城，只有十八万人口，其中仅弗赖堡大学的学生就有六万人。差不多全城人都直接或间接为这所大学服务。故它实际上是一座大学城。小城的火车站台是露天的，但很干净，花坛上还种着彩色缤纷的花。我们下车后，韦莎婷立即从站台上找到行李车，装好行李就向车站大楼推去。

车站大楼实际上是座不大的建筑，但华丽而精致。大厅里中央摆着供旅客休息的沙发，四周有邮局、食品店、书报摊和卖旅游纪念品的商肆，穹顶上挂着枝形的吊灯。韦莎婷在大厅里打了一会儿电话，完了告诉我们说，很不凑巧，弗莱堡正在举行一个多国的商品展览会，所以市区的旅馆全客满，因此我们只好住到郊区的旅舍去。她当即雇了辆出租车，我们装好行李就出发了。

这时太阳已落山。晚霞也消失在苍茫的暮霭中。天色渐渐暗淡下来。我们的车沿着城市的街道向郊区驰去。因是傍晚，又是去郊区的路，车辆行人都很少，一路显得特别宁静。大约走了近一个小时，才在一个小镇的路边停下来。这是一栋两层楼，原来今晚我们要住的旅馆就在这里。奇怪的是，旅馆的门却在后院。等我们提着行李箱找到后院，摁了门铃，旅舍的女主人才迎了出来。旅舍的门厅和柜台都很小。女主人让我们填写了住宿单，就交给我们一把大门的钥匙和一把各自房间的钥匙，把我们领到楼上的房间去，又给我们指点了男女卫生间的位置，然后自己就走了。顿时整座旅舍静悄悄的，只剩下我们三位新来的房客。

我和张韧住一个大间，韦莎婷住一个小间。

"对不起。"韦莎婷满脸歉意地对我们说："这旅馆不算好，而且今天晚上也没有晚餐吃了，旅馆只供应早餐。"

"没关系，没关系。"我说，虽然我有些不高兴，但看到韦莎婷那诚恳抱歉的样子，又觉得应该反过来安慰她，毕竟人家一路上跑前跑后，已经是很辛苦的了。

没晚餐吃，大家不一样饿肚子吗？幸亏张韧有个好老婆，似乎有先见之明，居然在他的行李中塞进许多食品。所以张韧胸有成竹地邀请韦莎婷跟我们一起共进晚餐。韦莎婷也就爽快地答应了。大家相约各自先回房洗个热水澡，然后来一起吃晚饭。

洗完澡，张韧像变魔术似的，从行囊中拿出面包、肉肠、北京点心，甚至还有熬稀粥用的大米。他那夫人真可谓想得异常周到。于是我们立即准备起这个小小的"晚宴"，除了我们从国内带来的电插头跟德国的插座不配套而无法烧稀饭外，可以说也摆得琳琅满桌。我们的房间有两个窗户，一个临街，一个朝南的临着院子，窗外不远处可以看到一座教堂的高高的尖塔。此刻北京时间已是凌晨一时，而弗赖堡时间大约还是下午七时。从北京出发，我是凌晨四时半起床，六点赶到飞机场，一天下来，差不多已经二十多个小时没休息了，可以说又困又饿。见到满桌食品，我是食欲大兴！

当我们准备就绪，韦莎婷也洗完澡来了。她换了件白色的连衣裙，显得容光焕发。她先代表德国学术联合会把我们这次访问的全部日程表和费用、旅途票据一起交给我们。于是我们围着临南窗的圆桌坐下，用起餐来。大家边吃边交谈。韦莎婷给我们介绍说，此行我们将在弗赖堡及其附近地区访问一个星期。除了重点访问弗赖堡大学，还要访问莱茵河岸的一座小城以及黑森林风景区。我们问她在北京大学学习时都到过中国的什么地方？她说，因为她学的是考古，所以到过的地方很多，新疆、陕西、河南和东北地区，她都去过。她坦率承认自己汉语学得不是很好，所以她带了一部厚厚的德华字典，以便不时查对。由于我和张韧都是北京大学毕业的，按中国的习规，我们就是她的学长，她就是我们的师妹。所以大家便显得亲近了许多。

用过晚餐，韦莎婷向我们道了晚安，就告辞了。我推开窗户，看看这小镇的街道，寂静得一个人影也没有，只见街道两边停满了小汽车，偶尔有一两辆汽车驶过，也从不鸣喇叭。湛蓝的夜空闪耀着繁星，我顿时有一种身在异国的落寞感。但我也不能不感叹现代交通的发达。朝发北京，夕至法、德边界的小城，一日间行程万里，世界真正成了地球村了啊！

1991 年 6 月 1 日

早晨起来，按照韦莎婷告知的活动时刻表，准七时我们到楼下的餐厅去用早餐。韦莎婷已经坐在餐桌那里等着我们了。真正是德国人的一种精确！

餐厅里就餐的客人总共有十多个，说明昨晚这旅舍住宿的客人并不少。这使我颇为惊讶：何以昨晚旅舍是如此安静呢？住旅馆而各自保持绝对的安静，也许这也是异于中国的一种西方文明吧。

早餐是自助餐，餐台上摆着各种面包、果酱、牛奶、蜂蜜、鸡蛋、奶油，还有巧克力，各人随意自取。餐厅不大，但布置得相当优雅、洁净。服务员就是旅舍女主人和她的丈夫。他们笑容可掬，看到每个客人走进餐厅，都迎着先道个早安。我明白，这原来是所夫妇开的家庭旅舍。按照德国的规矩，所有旅馆都免费供应早餐。或者说，住宿费里就包括了早餐费。

早餐后，我们立即出发去弗赖堡市区。韦莎婷建议我们买张公共汽车的周票，这样可以节省开支。在小镇的路边等了一两分钟，公共汽车就开来了。跟我们一起上车的有一大群小学生模样的男孩和女孩，金发碧眼，个个都长得很好看很可爱。这些孩子发现我和张韧是黄皮肤、黑头发，显然非常惊奇，纷纷盯着我们，而且吱吱喳喳议论着，使我们立即感到自己在他们面前是十足的"老外"。

从这小镇到弗赖堡，沿途房舍络绎不断。一般都是三四层的楼房，也有一两层的别墅式小楼房。给我印象深刻的是，几乎每个窗口都摆着几盆鲜花；房屋周围总有修剪得很好的绿色草地和绿色树木。这种居住环境就不单表现生活的富裕，也表现出一种民族的文化素质。

公共汽车的终点站就在市中心。下车后，韦莎婷说，弗赖堡大学要等十点钟才能去访问。她先领我们去电器商店购买能跟德国的插座配对的电插头。店主人对我们异常热情殷勤，听说我们要买电插头，立即拿出各种各样的电插头来，供我们选择。不过，一个电插头居然要卖二马克，折合中国人民币等于七元，差不多比中国的同样产品贵十倍。由于店主人那种热诚的服务态度，我们不好意思不买下来。

弗赖堡的繁华街道并不长，也许只有五百米。街上车辆很少，公共交通是马路当中的有轨电车。而街上行人却很多。男男女女都步行着，扶老携幼，悠闲地逛着商店。街两旁的建筑最高也就五层，但都装饰得很华丽、讲究，色彩缤纷，有的还涂成金色，加上绿色的玻璃窗，真显得金碧辉煌。商店的橱窗、柜台也都装饰得很现代化，美观而大方。马路是用打磨得十分整齐的石块镶嵌的，路旁石砌的小水沟里奔跳着洁净的潺潺流水，这在其他城市也是很少见的。我们随着人流，从西向东漫着步，并随意看看各种商品的价格。我这才发现按人民币与马克的比价，几乎所有得商品都比中国贵好几倍，纺织品和各种日用品都如此。一件在广州卖五元人民币的 T 恤衫，在这里竟卖十五马克。许多商品一眼就可以看出是从中国来的。

这条街道的东头耸立着一座双拱城门，门上层建着双尖塔的钟楼。韦莎婷介绍说，这是中世纪留下来的古建筑，虽是砖砌的，但也装饰得色彩鲜明凝重，十分典雅、庄严。穿过城门，城外虽也有商店，但比城里寥落多了，行人顿见稀少。

在街边，我们碰见七八个年轻小伙子，把头发剃了，只在正顶留着齐刷刷的一行直到后脑勺，还染成红绿的颜色。他们一律黑色的牛仔衣裤，脚登荧亮的黑皮靴。旁边停着几辆摩托。这种奇装异服立即引起我们好奇地驻足观望。

但韦莎婷示意我们赶快离开。她小声说，这是年轻人的团伙，好打架闹事，常成群结队驾着摩托乱蹿，警察见到他们都害怕，可千万别惹他们。我曾听说过西方有过"嬉皮士"这样的团伙，披头散发，颓废得很，而现在见到的显然又是新一茬了。

离开那些人一段路，韦莎婷又说：这些人被叫做"庞克族"，他们还不是政治性的。德国现在新一代年轻人有种观点，认为爷爷的一辈是好样儿的，父亲的一辈是软蛋，他们现在就要学爷爷一辈，所以就出现了一批"新纳粹分子"。她说，到别的城市，你们会看到的。从韦莎婷的语气，看得出她不仅对我们友好，而且不赞成那些"新纳粹分子"的观点。

看看手表，已近十点。韦莎婷说，现在可以去弗赖堡大学了。

原来弗赖堡大学就在市区，从大街拐进一条胡同，走几步就到了。大学的校园与市区的界线几乎分不清楚。有一条走公共汽车的马路就穿过校园中间。可见学校实在很大。这所大学也算是德国的古老大学之一，有几百年的历史了。今天我们去访问的是东亚系，也叫东亚研究所。走进校区，立即可以看到大群大群男女学生夹着书包来来往往，川流不息。东亚系在二楼，我们到达时，系主任金克尔教授已在办公室等候我们。随即他介绍自己的同事、他的博士研究生罗拉和教汉语的讲师简先生跟我们见面。金教授约有五十多岁，汉语讲得很不流利。他说自己是研究明史的，还研究过唐五代王建的诗词。罗拉女士自称曾到上海复旦大学学习过三年，汉语也还讲得可以，看样子年岁不到三十。简先生则是从台湾来的中国人，汉语自然讲得好，德语也非常流利和地道。所以我们交谈便自然而然由简先生取代韦莎婷当翻译了。

金教授向我们介绍了东亚系的规模，讲了自己的研究工作，然后就领我们去参观系图书馆。馆里的汉文图书还算丰富，虽然赶不上日本大学的图书馆，但在欧洲已经很可观了。之后他又让简先生陪我们去参观语言教学室，约定中午一起共进午餐。

语言教学室在楼下，设备自然比较先进，看到不少学生都戴着耳机在练习发音。简先生介绍说，东亚系除了学汉语的外，还有学日语、越南语、印度尼西亚语的。近年由于德国要加强对华贸易，所以学汉语的人比过去多了。

　　快到中午，这个系的另一位教授冯森格赶来了。相见之下，哈哈大笑，原来我们竟是老相识。1986年王蒙任国家文化部部长时，在上海以文化部的名义召开过一次关于中国当代文学的国际研讨会，我和他都是与会者，而且曾在一起聊过。我记得他是瑞士学者，长得人高马大，他自己取的中国名字叫胜雅律。想不到他会在弗赖堡教书。老朋友见面，自然格外亲热。大家就一起上街去吃饭。城市很小，我们便步行，穿街过巷来到了一家中国饭馆。冯森格说，他要请吃中国菜。饭馆不大，布置得却还雅致。但老板不是中国人，而是越南人，只是雇了个中国女留学生当招待，端盘送菜。

　　我们各自点了两个菜，要了啤酒和米饭，一边吃一边随意交谈。冯森格说，他家住在瑞士苏黎世，所以每周都回去过周末，礼拜一再赶来弗赖堡教课。他还说，从德国学术联合会安排的日程表上，他早就知道我要来访问，因此今天特意提早赶回来了。我自然很感谢他这番盛意。他乡遇故知，这本是人生一大乐事，何况今天还结识了这么多新知，这更是大乐事了。

　　金克尔教授是位留着撮小山羊胡子的矮墩墩的德国人，话语不多，显得性情温和憨厚。他诉说在欧洲研究中国文学的困难，主要是缺乏资料。年轻的罗拉女士已经微微发胖，她似乎有点忧郁，虽然她的脸型是典型日耳曼人，却又是黑头发黑眼睛。她谈到她去过杭州和北京等许多地方，她希望将来有机会再到中国去。

　　饭后其他教授都自己为自己付款，这是德国人请客的规矩。而冯森格执意要为我和张韧付款，我们只好领情了。

　　走出饭馆，主人们建议陪我们到附近的大教堂去看看，因为据说这是全城最著名的古迹和圣迹。

　　大教堂位于弗赖堡旧城的中心广场上，建于十七世纪，迄今已有三百多年的历史了。在中国，三百年似乎不算什么，因为中国的历史实在太久远了。但即使在中国，保存下来的几百年的完好建筑也不多。而欧洲的建筑由于是砖石结构，不像中国的木结构容易被火烧毁，所以，古建筑保存下来的倒比中国更多。当我们穿过小街，来到大教堂巍然屹立的广场，我实在为这座小城竟拥有这么雄伟、庄严的一座古建筑而感到惊讶，不能不深深赞叹了。

这是典型的哥特式风格的建筑，巍峨高大，门楼上并排耸立的尖塔高高凌空，给人以崇高的威慑感和神圣感。虽然它也许比不上举世闻名的科隆大教堂，但实在也是够壮观的了。

我们从边门进入教堂，立即有一种森严肃穆的感觉。教堂的大厅一排排供教徒跪坐的条椅都朝向耸立圣像的神坛。大厅有许多由圆柱撑起的高高的穹顶，整个建筑都是石砌的，圆柱和穹顶有许多石刻浮雕的人像与花饰。人像有二十四使徒。大厅周围的长窗全镶嵌着彩色玻璃。这样，教堂里的光线就显得幽暗和神秘。神坛的圣像是圣母抱着耶稣的油彩壁画，坛前点着多支荧荧的白色蜡烛，更增添了周围的神秘而庄严的氛围。

金克尔教授介绍说，这座教堂在第二次世界大战中曾被弹火破坏，战后市民又把它重新修建。所以可以看到墙上的砖头和圆柱、穹顶的石头都有新旧之分。旧的因长年受到风吹烟燎和雨水的侵蚀，颜色发黑。这座教堂本身确实是一件做工精细的大艺术品，值得人们好好观赏。

从教堂出来，我们在广场四周走了走，发现有许多出售旅游纪念品和本地工艺品的商店、货摊。广场上人来人往，熙熙攘攘，但像我们这样来自东方的游客却寥然可数。

冯森格教授建议在广场边的带布棚的咖啡座入座，大家喝点饮料，休息一下。于是大家就坐下来喝咖啡，一边喝一边从容地瞻望教堂的外观。果然可以看到外墙的红砖新旧不一，重修教堂的痕迹依稀可见。这时还可以看到广场靠北的地方搭起一座高高的讲台，电工拉上连在电线上的扩音器。金克尔教授说，这是供布道用的。明天是圣灵节，将会有很多人来这里听神父发表布道的演说。

罗拉女士建议我们再去参观本市的历史博物馆。这所博物馆离大教堂不远，走几步就到了。那是所两层楼的米黄色建筑，它前面的小广场上还留有一段用石头砌成的古城墙，展现出几百年前弗赖堡的历史面貌。博物馆内有许多展览室，陈列着当地发掘的石器、陶器、铜器、铁器和瓷器，还有模仿古人的石膏像。这些古物生动地表明，弗赖堡这个小城确有悠久的历史。

这时我突然想起在我们所住的旅馆的墙壁上挂有一幅铜版印刷的板画，画的正是古代的这个广场，画上就有大教堂的高大的尖形哥特式的塔楼。真是时光流逝，岁月如梭，古城依旧而物是人非了。德国南部的这个小城，几百年间也许经历了太多的战争和动乱，然而今天它却依然整旧如新地屹立着，并且比过去更美丽更容光焕发了。在寂然思接千载的凝想中，我不能不感叹人类生生不息的伟大创造力！

1991 年 6 月 2 日

早晨起来，这寂静的小镇突然传来了乐声。天空晴朗，空气又特别清新。由于今天是圣灵节，弗赖堡全市放假，我们不可能进行正式访问，所以我们走出旅馆随意散步，循着乐声走去，居然走到小镇的教堂跟前。

原来这里正在举行婚礼，一支小小的铜管乐队在旁边奏着乐曲。周围有不多的大人小孩在观看。这就是我们所住旅舍的窗口看到尖顶钟楼的小教堂。难得早晨就能遇到喜气盈盈的婚礼，我们也饶有兴味地凑到跟前驻足观看。

教堂的周围有长着树木和鲜花的宽敞广场，这给我们提供了一个宽阔的视野，使我们发现原来旅馆所在的这个地方并非什么小镇，实际上是弗赖堡郊区的村庄。视野所及还可以看到种着蔬菜的田园以及附近起伏的小山。

婚礼非常别致：教堂门口列着两排穿戴一式号衣的小伙子，共执一根很长的白色塑料水管，并且把水管弯成一圈又一圈的拱门模样，当穿着结婚礼服和白色婚纱的新娘和新郎教堂里捧着鲜花走出来，在大家的掌声中，他们便通过这一座座拱门走下台阶，从而结束他们的婚礼，登车离去。新娘的伴娘和女亲友都穿着一种古老的民族衣裙，显得既古朴典雅又相当华丽。

韦莎婷解释说，这是南德山地民族的传统服装，现在也只有逢到节日喜庆才拿出来穿。我问她那些小伙子为什么穿着红白色的号衣，还拿着塑料水管，那又代表什么意思呢？她说，那都是救火队员，可能结婚的新郎就在救火消防队工作，那些小伙子都是他的同事。我这才恍然大悟，深感这塑料水管圈成的一系列拱门为婚礼增添了极鲜明的职业特色！

早餐后我们决定乘公共汽车到弗赖堡市区去观看圣灵节的大游行。

上午十时到达市区，游行正好开始。这真是一个壮观的大游行：人们抬着耶稣和圣母的神像，高举着各种装饰华丽的旗帜，穿着民族服装，由头戴高帽、身着红袍的本地红衣主教在前领头，还有乐队奏着乐，列成多路纵队，浩浩荡荡，缓缓走来。队列中还有黑衣修士和修女，更有许多打扮得花枝招展的年轻姑娘和身着盛装的天真可爱的男孩、女孩。他们走着走着还唱起圣歌。整个气氛真是又庄严又热烈！

这使我不禁忆起童年时自己家乡的迎神活动。我的家乡福建每逢正月总要举行迎神活动。那也是全民节日性的大游行。不过迎的不是耶稣圣母，而是关圣大帝或妈祖娘娘。到时也是鞭炮齐鸣，鼓乐喧天，人们抬着神像、旗帜和各种罗伞、仪仗，踩着高跷，穿戴彩衣彩帽，扮演八仙过海、天女散花之类，兴高采烈地游行。

东方西方虽然信的神不同，庆祝的方式却差不多一样。这不能不令人感到诧异，也许这是一定的历史阶段的人性使然吧。

我们站在道旁的人丛中看了一会儿，就尾随着队伍，一起涌进了大教堂广场。

广场上已经是人山人海。游行队伍齐集广场后，鼓乐齐鸣，歌声大作，气氛的热烈到了顶点。这是一个全民的节日，全市的机关、学校、商店都放假停业了，差不多全城人都涌到街上。

广场上昨天搭成的高台，现在装上了麦克风，红衣主教已经出现在台上。人群渐渐静了下来，主教开始发表演说。他的抑扬顿挫的声音鸣响在广场的上空，我虽然听不懂，但感到相当悦耳，且有鼓动性。

我们发现冯森格教授和罗拉也来了。他们建议，等游行结束，陪我们到市区公园走走。我们高兴地接受了邀请。

前面说过，冯森格教授给自己取的汉文名字是胜雅律。他昨天送我们两本书，都是用汉文出版的。一本是《智谋》，即关于中国的"三十六计"的故事；另一本是他在台湾师范大学上学时的日记。他不但在台湾上过学，而且1974年在北京大学也学习过。他戏称自己也是"工农兵学员"。昨天晚上我在旅馆把他的日记翻了一遍，那实在是很有趣的一部日记。他详细地记载了自己在台湾的生活和艰难地学习中文的经过，其中还描写了热诚地帮助过他的许多师长和同学。也许因为后来又到北京去学习过，他现在的汉语已经说得既流利又标准。他的《智谋》一书是回到瑞士后写的。在欧洲一出版就很轰动，译成多国文字。在中国上海第一版就印了十多万册。他年岁不到四十，现在是弗赖堡大学东亚系的主要教授。1986年在上海我们第一次见面时，他给我的突出印象是，显得年轻而又个子高大，大约总有一米八五的个子，满头浓密的黑发。

这次见面，给我的另一个印象就是他非常幽默，跟严肃的德国人相反，他说话总是风趣横生，逗人发笑。他特别善于恰到好处地运用中国成语，巧妙地表现他的幽默感。这天下午由于学校放假，东亚系的几位教中文的教师，包括系主任金克尔和胜雅律、罗拉以及台湾来的简先生，都相约一起陪我们去逛本市的公园。这使我和张韧都好感动！

公园离大教堂广场约一里多路，这天因为全市放假，满街都是人群，没有交通车辆，我们只好步行。好在大家一起说说笑笑，一会儿就走到了。

公园是跟逶迤来的山峦连在一起的。处于城市的西北角。有许多花木，还有湖泊、草地和一些西洋式的亭台等建筑。我边走边跟胜雅律教授交谈。他说，他跟住在瑞士的中国作家赵淑侠很熟。又说，他所以写《智谋》一书，是因为他注意到世界的其他国家还没有哪一个像中国这样具有如此丰富的计谋记载，像三十六计之类。他认为这是人类智慧的宝库，应该介绍到西方来。原来的德国总理施密特看了这本书就很赞赏，还给他写了封信。书出版后果然受到西方读者的欢迎，现在西方的许多企业家都研究三十六计，从中得到商业策略方面的启发。

我们在公园的小亭中休息了一会儿。

"现在我们'走为上计'？"胜雅律教授说。

于是我们开始登山。山上有许多树林，显得郁郁葱葱。我们沿着斜缓的山坡，登临半山的一个平台，那里的咖啡馆供应咖啡和点心。于是大家便坐下来，一边喝着咖啡，一边眺望展开在山下的整个弗赖堡城，并且继续我们的话题。

掩映在丛丛绿树中的弗赖堡城历历在目。它的红墙红瓦的建筑连同那哥特式教堂和钟楼的尖塔，在耀目的阳光下，色彩鲜艳地伸展在莱茵河西北岸的平野上。从平台上极目远眺，可以看到莱茵河南岸闪烁在云霭中的戴着皑皑雪冠的阿尔卑斯山。而莱茵河是德、法和瑞士的边界。

"您每周都要来往德国和瑞士一次？"我对胜雅律教授问道。

"是的，我的命不好，只好'疲于奔波'！"他答道，巧妙地又用了一次中国成语。

金克尔和罗拉也许因为觉得自己的汉语没有胜雅律说得那么好，所以很少开口，只是饶有兴味地听着我们谈话。我和胜雅律又谈了好一会儿关于他想知道的最近几年中国文学发展的情况。不知不觉间太阳已经西沉，韦莎婷女士提醒我们时间不早了，我们该回旅馆了。

"好吧！我们'打道回府'。"胜雅律教授耸耸肩，双手一摊，装作很不情愿又无可奈何的样子，幽默地又说了一句成语。

在下山的归途中，金克尔教授宣布：明天将由他陪同我们去参观葡萄园和莱茵河岸的又一个小城。

1991 年 6 月 3 日

这天早晨，金克尔教授从城里驾车来到我们住的旅馆，跟我们一起到乡村的一家小餐馆用餐。然后我们就一道坐他的车向莱茵河畔的原野出发。

一出这个村镇，便可以看到田野上连绵不绝的葡萄园。原来这一带是南德酿造葡萄酒的著名所在，一片又一片长满藤蔓和翠叶的葡萄架一直伸向远方。金克尔虽然把车驾得很平稳，但走着走着，就进入丘陵地带，道路也崎岖起来。我们的车沿着曲折的道路，忽上忽下，最后爬上一个小山岗，停在一片树林前面。

从这小山岗可以看到四周几十里的景色：南边瑞士境内的群山，东边岗峦起伏的黑森林山，北面的莱茵河谷和南德高地，西边则是莱茵河对岸的法国平野。

我们停车的岗峦本有个大酒厂，可今天真不凑巧，工厂停工了，不接待游客。于是我们就开车直奔莱茵河畔的小城巴塞尔。

巴塞尔就紧挨莱茵河，有桥通向对岸的法国。小城很小，我们先在一家咖啡馆停下来，大家喝了杯热咖啡，看到小城正中小山上有古色古香的坚固的红砖城堡和教堂。教授建议我们去参观城堡，我们自然乐意，于是他又驾车把我们送到小山下，然后大家便沿着一条石头砌的斜坡路登上山去。才到半山，在城堡的围墙边，我们便看到一个半人高的围着铁栏杆的平台，台正中立着一个铁铸的人像。这是一个穿着破大衣、光脚丫的男人，满面愁苦，向前伸出一只展开的手，像是向人们讨饭的样子。我挺纳闷，便问教授：这是哪一位大师的作品呢？

"不，这只是个纪念像。"教授说，"二战后，德国受到严重的破坏，那时我们的生活普遍很困难，人民没有吃的，也没有穿的。今天我们当然富裕起来了，但为了教育后代不要忘记过去那种艰难的日子，所以才铸造了这样一个人像！"

我听后心灵受到极大的震动！我不禁默默地久久地凝视眼前这个铁铸的人像，心中浮想联翩，深深地为德意志民族痛定思痛的内省精神和深长思虑所感动！

不一会儿，我们便登上山顶，那里有个颇大的草坪，周围是城堡的建筑和围墙，中央屹立一座高耸尖塔的教堂。这个教堂与弗赖堡大教堂的建筑风格显然不同，虽是红砖建筑，除了正门厅的外墙仍保持红砖的本色外，其他外墙都涂成米黄色。大门厅两侧耸立着五层高的带尖顶的塔楼，教堂大厅的主体建筑却由六七个带有红瓦、黑瓦不同颜色的屋顶的房子共同组成，两边还带有几个小小的尖塔。

教堂内部光线也不那么幽暗，显得明亮多了。它已从典型的哥特式建筑的巍峨、崇高、庄严、肃穆的风格脱出，给人以明朗、活泼、轻巧、华美的感受。据说这是受到法国影响的缘故。但它又非"洛可可式"带圆屋顶的那种建筑。而是两种风格的中和，就像严肃冷峻的德国人与热情活泼的法国人的中和一样。

站在这个山顶，就能清晰地看到汩汩流淌的莱茵河和河对岸法国的村庄、小镇、树林和田野。韦莎婷告诉我们：对面的土地就是著名的阿尔萨斯和洛林，这使我格外有兴致地非细细远眺那一望无际的土地不可。小时候我曾从历史书中读到，这片土地在不止一次战争中被法、德两国夺来夺去，所以一段时间归法国管辖，一段时间又归德国管辖。第二次世界大战后，又归还法国管辖了。而当年号称牢不可破的马其诺防线，就分布在这片土地上。法国政府没料想到希特勒的军队却绕开这条防线，从比利时的不设防地带进军，直捣巴黎。后来，美、英军队从诺曼底登陆，有一路军队就从这里沿着莱茵河向德国鲁尔区和柏林进军。如今几十年过去，战火纷飞的莱茵河已被和平的莱茵河所代替。一架轻桥把两岸连接起来，德、法人民可以自由来往，从世仇变成兄弟，应该说这是欧洲也是人类之福。我不知道金克尔和韦莎婷心里怎么想，但我相信，他们也一定会庆幸持久和平在欧洲的到来。

在返回弗赖堡的途中，我们终于绕道来到一家酒厂参观，不但看到那一排排木制的大葡萄酒桶，而且在主人的回廊里坐下来，从容地品尝了陈年酿造的红葡萄酒，并跟金克尔教授进一步深谈了若干学术问题。直到太阳西斜，才驱车回到弗赖堡郊区我们所住的旅馆。

1991 年 6 月 4 日

黑林山是南德著名的风景名胜区。按约定，这天一早从台湾来的简先生夫妇就驾车来接我们一道去黑林山游览。

由于韦莎婷的汉语不大流利，有时还词不达意，这几天简先生多主动为我们做翻译，所以我们已经很熟了。他是个外表温文尔雅、性格沉稳的中年男子，而他的太太今天却是第一次见面，但由于都是中国人，又在异国土地上相见，彼此都显得格外亲热。原来简太太是在弗赖堡大学的医院当护士。也许是在异国土地上较少见到中国人，她见到我们便分外高兴，特别爱跟我们说话，让人感到她的性格热情、爽朗而乐观。

简先生驾着车很快离开弗赖堡，驰过田野的柏油公路，便进入了黑林山。这是从北向南迤逦而来的大片山脉，山势和缓，也不高，按中国的标准，不过是连绵不绝的丘峦。但有的山口却颇险峻，道路所过，两边山崖壁立，真有一夫当关，万夫莫开之势。山回路折，不到一个时辰，我们的小车已爬上半山腰。简先生把车停在路边，有意让我们下来看看山野的风光。

果然，下车后我纵目四望，只见四周的山坡都比较斜缓，山顶上多是苍翠郁绿的一片又一片树林。斜坡上都是种的庄稼。有已经发黄待收割的麦田；也有绿色的苜蓿草地；草地上还有正在吃草的肥壮的黄牛群。而一两家屋顶很高的农舍就散布在树丛田地之间，红瓦白墙，真是好一片田园风光。

我们在那里拍了几张照片，又继续向深山进发。

不一会儿我们又到了一个山中小村镇。简先生说，这叫圣彼得镇，有一个圣彼得教堂很有名。他说着就把车开到教堂门口。果然，这又是一个饶有风格的教堂：它是洛可可式的建筑，门楼两边的三层双塔楼，都有圆葫芦形的绿色塔顶。

走进教堂就令人眼目一亮，只见光线充足，教堂内的装饰富丽堂皇。柱子是白色大理石的，上方刻有使徒的圣像。一个个圆形的穹顶都涂成米黄色，并绘有彩色的天顶。圣坛也涂金溢彩，辉煌壮丽，有许多雕刻装饰，还有精美的雕花铁栏杆。

大厅两侧更有许多描金涂漆的彩绘神龛，上面画着圣母玛利亚的图像。圣坛上的神龛前的对对烛台也都金光闪亮。这个教堂可以说是几天来我们见到的最华丽精美的一个了。

由于简先生的介绍，教堂的神父听说我们来自中国，想参观教堂的图书馆，就亲自领着我们，打开图书馆的门，殷勤地陪同我们参观。

图书馆就在教堂右侧的另一院。我们先观览走廊墙壁上挂的许多油画。虽然都是宗教画，但技法颇成熟。大多都是耶稣和他的使徒们的画像，也有天使和魔鬼，奇怪的是，画中的魔鬼都画成如龙似兽的样子。类似这种麒麟般的或龙形的图像在中国则是吉祥物，而在西方则成了魔鬼。我问韦莎婷这是为什么？她笑着回答说，这就是东西方文化的差异呀！

她陪我一边观看一边细声地解释说："西方的许多东西都是经由阿拉伯世界从东方学来的。您看，这圣母画像的头后有光环，这就是从东方佛教那里学来的。"龙的图像也来自东方，到我们这里就变异为魔鬼了。

图书馆的藏书室是一个两层楼的大厅，也装饰得金碧辉煌。神父向我们介绍说，这图书馆原是一个贵族的府邸，图书多也是他家的藏书。后来他就把府邸连同藏书捐出来作为公共图书馆了。

　　大厅的天棚穹顶上有幅圆形的巨大彩色油画，画着许多长着白翅膀的天使，笔法纯熟精美，不知出自何代名家的手笔？大厅的四壁全摆着装满古代书籍的书架，图书封皮的装帧都很讲究，一般图书都比今天的大。楼上还有许多中世纪大型羊皮书，足有几尺宽，每一页都是羊皮制成的。这是我平生第一次看到羊皮书，所以经主人允许，我就打开来仔细看，只见许多都是用精美的花体字书写在羊皮上。面对这几百年前的古物，我深感不虚此行，流连观看再三，才依依离去。

　　时已中午，简先生便把车开到小镇的一家餐馆，大家吃了一顿山地的可口的午餐。

　　离开圣彼得镇，我们又驾车前进。一刻钟后，我们到达山中一个碧蓝的湖边。

　　那被群山环抱的一泓湖水，湛蓝碧绿，有许多彩色的游艇漂浮其间，乘风破浪。

　　湖畔有一个建筑精美错落的小镇。沿湖的街道上，游人如织；湖边的沙滩上更有大批穿着泳衣的男女，游泳的游泳，晒太阳的晒太阳。

　　这个小镇是黑林山中的度假胜地。简先生一边驾车一边说："每逢假日或周末，弗赖堡和附近城市的人们都愿意到这里来度假。"

　　他把车开到一个僻静的停车场，停好车，才领着我们沿着小镇的街道向湖边走去。这个山中的湖泊确实是个难得的清幽优美的所在，周围的山都密布着苍翠郁绿的树林，在山环水抱中又有个美丽的小镇。镇上有许多不同风格的别墅，两层三层的都有，掩映在树丛之中。街上三三两两或成群结队的男女游客，穿戴得红红绿绿，就像彩色的云似的，飘过来飘过去。简先生和简太太领我们先到当地出售工艺品、纪念品的商店参观。商店都装潢得很漂亮，商品琳琅满目，可谓美不胜收。简先生介绍说，当地最有名的工艺品是木制的时钟。果然，我们走到一家商店，里边摆在货架上的全是各式各样的木制钟。虽然从外壳到里边的齿轮、机芯全是木头刻的，但做工相当精致、美观。有的外壳做成各种动物的形状：有猫头鹰、大狗熊、兔子、鸭子、公鸡等等。

这里食品店的蛋糕做得特别好。我们在店前的树荫下找到有桌子的座位，简太太就去买来蛋糕，有奶油的，有巧克力的，还有铺了一层鲜草莓或各种鲜果的。

韦莎婷又要了热咖啡。于是我们便一边品咖啡，一边吃蛋糕。果然这蛋糕很好吃，不但松软，而且味道甜美可口。老实说，到德国好几天了，我总吃不惯他们的菜肴，觉得比中国做得更好的食品就是蛋糕了。

由于时间还早，我们就到湖边散了一会儿步。聊着大陆的西湖，台湾的日月潭，日本的琵琶湖，乃至于新疆博格达峰下的天池，也聊简先生一家到德国来的经过，以及华人目前侨居德国的处境。等到日已西斜、暮色将临时才上车离开。

在回弗赖堡途中，简先生和简太太诚恳地邀请我们到他们家作客。因为是顺路，我们也就答应了。

简家在学校提供的住宅区，是公寓中的三间一套的房子。按中国大陆的标准就是三室一厅。请我们在客厅坐定后，简太太立即忙碌起来，泡了茶，便围上围裙，准备做饭。显然，为招待远方来的客人，今天她是要露一手了。我已经知道，简先生原毕业于台湾师范大学。他到德国留学，当年学的是教育，后来学成回到台湾工作了一段时间，又被派到德国来当外交官。可是他跟上司的关系没搞好，受到排挤便愤而辞职。这才被聘请到弗赖堡大学教汉语。

由于在家里谈话更方便、更无拘束，简先生进一步对我们解释他所以跟上司闹翻的原因。他说，当时他年轻气盛，头脑单纯，发现上司贪污，就加以披露，这就得罪了上司，自然没好果子吃了。

一会儿，简先生的儿子、女儿都放学回来了。女儿读初中，儿子读小学。他们都说得一口流利的德国话。女儿还会说点中国话，儿子在德国长大，就只会讲德语了。中国的俗话说，"一儿一女一枝花"，看来简先生的家庭是很幸福的。简太太不大工夫就端上来饭菜，完全是中国菜，而且带台湾风味。我们不由得称赞简太太的能干。这是一顿家庭式的晚餐。不但饭菜可口，而且氛围热烈友好，大家一边吃一边交谈。简先生夫妇曾回过大陆，也到过北京，他们谈自己到北京的观感。我们对她们在台湾和德国的生活很感兴趣，问了他们许多问题，他们也坦诚地作了回答。

饭后，简太太又端来了咖啡和水果。他们说，德国的水果多是进口的，像香蕉便是从巴西进口。

我们品着咖啡，继续我们的交谈。既谈到台湾的政治和政党，也谈到大陆在德国的留学生们的表现。简太太对有些留学生互相不团结颇有些意见，她认为中国人在国外理应互相帮助才对，决不应彼此拆台。她对中国人在德国得不到重用也非常感叹，对自己先生至今仍不能得到教授的职位也很不平。看来她是个热情待客而又心直口快的一个女人。

我们一直谈到晚上八时才告辞。简先生又亲自驾车把我们送到郊区我们所住的旅馆，这才依依惜别而去。

回到旅馆的房间，我跟张韧谈起来，深为简先生、简太太的情谊所感动，同时更深感海峡两边的中国人，尽管多年隔绝，却确实血浓于水！

1991 年 6 月 5 日

今天我们约定与弗赖堡市政厅的文化官员见面。上午十时，韦莎婷领我们到了主人的办公室。办公室很小，摆了张办公桌，几乎就容不下什么人了。这位官员相当于市文化局长，四十来岁的样子，他很客气地招呼我们在办公桌对面坐下，就给我们介绍该市的文化状况。除了弗赖堡大学，还有多少博物馆和教堂等等。其实，这些地方我们都已经参观过了。我知道这不过是礼节性的拜访，也不求多了解什么。谈了不到一小时，我们就告辞了。

出来后，我们随便到街上遛遛。沿着两旁明沟里有清澈流水的街道，穿过许多行人，我们走到古老的塔形城门，在一家比萨饼店前，停下脚步，饶有兴味地看店主人如何烤制比萨饼。原来，他将一块面团摊开碾薄，就将蔬菜、碎肉和西红柿块一起摊到面饼上，把它送到炉子里烤，不一会儿便香喷喷地出炉了。谁想买，就切一块。这种烤饼，中国是没有的。

一会儿，又看到好几个年轻人，头发两边剃光，中间留一条染成红色或绿色，全身着黑色衣服，脚踏皮靴，人人骑着摩托车，飞速驰来，停在比萨饼店门前。

韦莎婷赶紧把我们拉走。到了街对面，她悄声对我们说：千万别惹这批人，因为他们有纳粹倾向，被称为"庞克族"，动不动会打人。我们只好离去。

回到旅馆，就准备行装，明天就要离开弗赖堡了。

1991 年 6 月 6 日

以昨天市政厅文化官员的接见，作为访问弗赖堡的最后一个节目，我们对这个城市历时六天的访问终于结束了。今天一早，我们便乘火车北上，沿着莱茵河谷，将经过卡尔斯鲁厄、海德尔堡、曼海姆、美因茨、波恩、科隆、杜塞尔多夫、埃森、多特蒙德等城市，最后则到达目的地——波鸿大学。

由于路途较远，我们所坐的头等车显得更豪华也更舒适：像国内的软席车厢一样隔成一个个小房间，是用透明的玻璃钢板隔成的；每间都有四张可调整成躺椅的红天鹅绒面料的沙发。实际上整个车厢没几个人，显得空荡荡的。列车开动起来非常平稳，因为装有空调，车厢全封闭，所以车轮的噪音很小。从车厢的巨大玻璃窗可以看到莱茵河从南向北流去。河面并不很宽，水势也比较平缓，河水仍然有污染，不那么清澈，呈赭绿色。不时可以看到一艘艘驳船满载货物顺流而下，偶尔还可以看到一艘两艘油漆一新的客轮行驶在河中。

莱茵河长达一千七百多公里，发源于瑞士的阿尔卑斯山中，成为瑞士、法国与德国的界河，到德国中部的鲁尔区才向西流经荷兰入海。我们现在正从南德高原向北方的平野开去，所经之地多是山峦起伏的大峡谷，间或也有开阔地，而许多小城镇就散布其间。这些小城镇似乎多修建于中世纪，有许多童话般的城堡，虽非恢宏壮丽之作，却显得小巧玲珑而坚固，富于古典的美。差不多沿着河岸蜿蜒前行的列车，渐渐来到弯曲度很大的河谷，河两边的山峦上出现石崖峭壁，山顶还耸立着城堡状的建筑。韦莎婷指给我们看，说那就是著名的罗雷莱。在德国的传说中，罗雷莱是一个魔女，她坐在莱茵河岸的一座山崖上，用歌声引诱河中的船夫。德国著名诗人海涅在《归乡集》中就有一首歌唱罗雷莱的诗。而我国诗人冯至、绿原也有这样的诗。记得绿原曾写道：

轻风，细雨，微波

　　教堂，古堡，村落

　　荡漾着，荡漾在

　　没有皱纹，没有瘢痕的

　　彩缎似的莱茵河

　　列车很快就驶过这弯曲的河谷，那罗雷莱山顶被称为魔女的巨石，也像巫山神女那样消失在霭霭云烟之中，但那古老的传说却依然浮现在我的脑海里。

　　列车经过一个又一个城市，都没有引起我多大的注意，包括波恩在内，因为那些城市仿佛都大同小异。但车过科隆时却引起我极大的兴趣。这不仅由于科隆有闻名于世的科隆大教堂，还因为这个城市横跨莱茵河两岸，而铁道正通过一座大桥把河两边的城市连接起来。当列车轰隆隆驰过大桥时，船樯密集而又变得宽阔的莱茵河就浩浩荡荡地展现眼底；离岸不远的建筑群中，科隆大教堂那高高的双塔，有如鹤立鸡群，睥睨一切。当然，车开得很快，到进入科隆车站，倒反而什么也看不见了。因为德国的火车站都用钢架建造起遮盖全部轨道的天棚，这样一来，列车一进站，旅客的视线便全被挡住了。

　　一路奔波，包括在火车上吃了一顿午餐，列车进入鲁尔区——德国的工业心脏地带不久，下午三时，我们终于到达了大学城波鸿市。

　　波鸿在鲁尔区是个不大的城市，它的闻名与波鸿大学有很大关系。而我们来到这里，就是为了访问波鸿大学。

　　我们下火车后，先在城区的一家旅馆住下。这是家三层楼的小旅馆，老板是位胖老太太，旅客很少，仿佛就住我们几个人，显得十分清静。大家刚把行李搬到各自的房间，韦莎婷就来告诉我，说是波恩有个《周刊》的记者来采访我们。

这真是不速之客的突然袭击，事前我一点思想准备也没有。但我想不接待也不好，便硬着头皮接待了。

这是位漂亮的女记者，约莫二十八九岁，金发碧眼，中等个子，会说几句汉语，但极不流利。征得老板娘的同意，韦莎婷把我们领到楼下的一间会客室，我和张韧就在这里会见记者。女记者自我介绍说，她是从波鸿大学得知我们今天到达这里，所以特地从波恩赶来访问。经过韦莎婷的翻译，我们还得知，这位女士胆子很大，曾单身一人到过我国新疆以及敦煌等地。

女记者给我们提了许多问题，有关于文学的，也有关于政治的。但看得出来，她的兴趣不在文学而在政治。也看得出来，我们的回答使她不大满意。由于时间已到六点钟，韦莎婷为了表示友善，便建议大家一道去吃晚餐，女记者也欣然同意了。她是开车来的，我们就乘她的车去到一家餐馆。

其实餐馆并不远，就在附近的一条街上。餐馆里客人不多，只见到几个德国人在喝啤酒。我们几个人落座后也要了啤酒，各自又要了火腿蛋炒饭、生菜沙拉、果汁之类。按德国的规矩，如果不是某人声明他请客，而是共同进餐的话，那么就该各人付各人的账。这顿晚餐正是我们各付各的账。虽然如此，晚餐还是吃得蛮愉快的，大家边吃边谈，女记者还谈到她在新疆和敦煌的历险记，说她在敦煌如何因交通中断，最后只好挤在一辆满载民工的大卡车里才得以离开的艰险故事。

我不能不佩服西方人的胆量和敬业精神。要是中国的女记者，恐怕是不会单身一人去作这样的冒险的。饭后，女记者要赶回波恩去，便匆匆告别了我们驾车走了。也许谈政治，一个自由主义者与一个共产主义者是永远也谈不拢的，但这并不妨碍彼此交朋友和交往。看着这位女记者驾车离去的背影，我不禁这样想。

1991 年 6 月 7 日

波鸿大学也有六万学生，是德国中部的一所比较新的大学。它的校园离市区还有一段路，建筑相当集中，一座占地面积相当大的大楼就把全校的教学用房全包括了。韦莎婷告诉我们，马汉茂教授将在今天上午九时接待我们。所以早餐后我们就立即动身赶去波鸿大学。

我们从停车场出来，先到了二楼的屋顶广场，韦莎婷先领我们参观大学图书馆的阅览厅，然后坐电梯到东亚系。

1986 年我国文化部在上海召开中国当代文学国际讨论会，马汉茂曾来参加。这是我们初次相识。后来他到北京，我们又见过一面，并且交谈了两个小时。据他自己介绍，他曾在台湾大学学习过，并且娶了位中国太太。他还坦率地说，他太太的父亲曾是国民党的将军，战败后被关在抚顺战犯监狱，他和他太太曾去探望过，现在已经亡故了。他说他太太姓廖，我当时没好意思问他是不是廖耀湘的女儿。马汉茂是他自己取的中国名字，他的德国名字是马丁。他讲得一口非常流利的中国话，而且不像台湾人讲的"国语"，倒带有相当标准的北京音。

今天他在自己的办公室接见我们。我把同事张韧介绍给他，彼此寒暄了几句。我约略介绍了近年我国文学发展的情况，并送给他两本我新出的著作。他也介绍了波鸿大学东亚系的简况，并且说，这些年他带领几个学生把中国大陆新时期文学的作品翻译了近一百种到德国来。然后他说，如果我们有兴趣，可以跟他一道去教室里听一个讲座。客随主便，我们当然欣然应命。于是就跟他一起去到一间阶梯教室，里边已经坐满了许多听课的师生，马丁教授领我们前排就坐。讲课的是德国银行的一位专家，全部用德语讲课，还在黑板上展示一张大图表。马丁教授说，他们学校经常请校外的各种专家来举办各种讲座，以扩大学生的知识视野。今天讲的是德国在世界各国的投资情况。我虽然听不懂德语，但通过马丁教授和韦莎婷的翻译，我领会讲课的内容大概是说，德国在国外的投资多少是跟当地的投资效益成正比的。在东亚大陆，德国在日本、中国台湾、韩国等地的投资远比在中国大陆的投资为多。

课后，马丁教授领我们下了楼，他的太太廖天琪女士已等候在那里。他介绍我们相见，便一同进入学校大楼广场上的一家中国人开的饭馆。学校大楼附设有各种商业场地与服务措施，这家饭馆就是其中之一。

宾主落坐，马丁教授征求我们意见，点了几道中国菜，要了啤酒。

廖天琪女士也在波鸿大学任教。她是位肤色微黑的东方女人，我猜想大约是中国南方长大的。虽是第一次见面，彼此都相当坦率。马丁教授谈起东西德统一后，西德每年要补贴东德一千五百亿马克，使西德的纳税人不胜负担。由此他说到公有制经济搞不好，又说苏联也如此，中国大陆的经济恐怕也不会好。对他的看法，我自然持异议。我说，中国并没有抄袭苏联，我们总会凭自己的智慧想出搞好经济的办法的。

吃饭中间有几位学生来找。马丁教授介绍说，其中一个名叫克娜的女生，下午将驾车送我们去科隆市游览。

饭后，我们告别了马丁、廖天琪夫妇。汉语讲得挺好的克娜和另一个女生已开来一辆奔驰，请我们上车去科隆。

科隆是德国的第四大城，也是莱茵河流域最大的城市。它历史悠久，文化、经济都很发达。公元前一世纪罗马征服者占据该地，即有城市。虽经多次战争的破坏，但又不断重建，至今城区已达250平方公里，成为西德水陆空交通的重要枢纽，每天通过火车即达 800~1000 列。

克娜是个高大健壮的德国姑娘，但驾起车来却又快又平稳。我们的车沿着鲁尔区的高速公路前行，沿途可以看到许多大型的工厂、大型的运货卡车。大约一个多小时，我们便到达科隆，重又看到那一桥飞架、浩荡奔流的莱茵河，看到那高耸云天的大教堂的一对尖塔。

克娜把车一直开到莱茵河畔的一条僻静的小街停下。一下车，步出小街，抬头就看到巍峨的科隆大教堂矗立在面前。教堂四周有不大的广场，游客如织。两个高高的尖塔就耸立在正门上方，越走近越见出它的刻有许多装饰的耸入云霄的尖塔是何等庄严而峻峭。这是欧洲最典型的哥特式建筑，坚固而壮丽。这种巨大而精美的石砌建筑，实在可说是世界的一大奇观，人类艺术的极为难能可贵的创造！很不协调的是，教堂的大门前居然有辆崭新的红色小轿车摆在钢架支撑的高台上，显然，是为汽车做广告的。

当我们步进教堂，我为它内部的肃穆、幽森、神秘而典丽的整体氛围所震动。教堂其他处所的光线都是幽暗的，而正前方的圣坛却灯烛辉煌，庄严的耶稣圣母像流光溢彩，慈和地面向整个教堂。教堂内的每一饰物都显示出制作艺术的精致与完美。教堂正中还有地下厅，实际上是一些皇帝、公主和贵族、主教的墓室。当我们拾阶而下，走进那烛光荧荧、阴影四伏的墓室，徘徊在那一座座刻有浮雕人像的石棺前，真正有如临鬼穴，毛孔为之悚然的感觉。

从教堂出来，我们又去参观古罗马时代建造的澡堂。随着两千年岁月的流逝，这个澡堂如今已经深埋地下，发掘出来后就被辟为地下博物馆。我们从一个入口坐电梯下降，然后循着巨石砌的甬道走向那同样是巨石砌的洗澡间。那些巨大的石块今天看来虽显得粗糙，但可以想见那同样需要巨大膂力的劳动又需要具有何等超凡出众的智慧才能建造这样巨大而坚固的澡堂！

第三个参观的场所是著名的科隆美术馆。当我们流连于一间间展览大厅，观览那一幅幅色彩鲜艳的巨幅油画和一座座精美绝伦的人物雕像时，都会沉醉在超凡脱俗的美的氛围中，再三也难以移步。这都是欧洲的历代名家之作。既有中世纪的宗教画，也有文艺复兴以来达？芬奇、米开朗基罗、鲁本斯、塞尚、梵高直至罗丹、毕加索等的作品。真可谓琳琅满目，美不胜收！

要游览科隆，显然半天是远远不够的。十天半个月也许还差不多。可是我们的行程安排得太紧，博物馆就无法从容参观了。离开科隆前我们又一起到一家咖啡厅用了咖啡和点心，然后就沿着莱茵河的河岸散了一会儿步，凭栏眺望对岸的市区和河上的来往船舶，迎着斜阳拍了几张照片，这才登车依依不舍地离去。克娜和另一女生一直把我们送回波鸿的旅馆才离去。

1991 年 6 月 8 日

马汉茂教授向我们推荐说，距离波鸿市不远，有个小镇名叫哈廷根，至今仍保存中世纪的许多建筑，是个值得一看的地方。

这天一早，我和张韧在韦莎婷的陪同下，一起乘公共汽车向哈廷根进发。

出了波鸿，车就驰行在乡村大道上。沿途可以看到分布于田野的许多五颜六色的农舍隐现在树林中。看起来公路修得很好，平整的沥青路面，车轮滚过只发出沙沙的声音。大约只走了半个多小时，就抵达哈廷根。

果然，这是个古老而又现代的一个相当漂亮的小镇。镇上只有一条有坡度的大街，虽不宽，却十分洁净，不走车辆，只走行人。街两边商店林立，而且都很现代化。我们没有走大街，在韦莎婷的引导下，穿过一条小巷很快就来到一个鹅卵石铺就的小广场。广场周围有几栋中世纪的乡镇建筑。这些建筑的特点是屋脊很高，两边屋顶的坡度极陡，全部是木构架，四周的墙壁都涂成白色，让漆成黑色的木支架全露在墙皮上，整齐的窗框也是黑色的，整面墙看上去，就收到一种黑白分明的图案效果。据说这些木建筑已有三百多年的历史，仍然相当坚固。如今还住着人。当然，内部的装修已经现代化了。

韦莎婷介绍说，这个小广场当年是市政厅广场，场上还有中世纪鞭笞犯人的行刑柱。

现在广场四周种植着依依柳树，枝条婀娜，临风摇曳。古老的市政厅就在广场边，是栋不大的三层楼，中间一个方形的门洞通向后院；底层两边的房间都是囚室。我们走进市政厅参观，除了囚室还保留有铁制的脚镣手铐，其他也没有什么古物了。

穿过市政厅的后门，又来到另一个广场。那里耸立着一座塔，据说也是中世纪留下的，但并不雄伟，只不过是座尖形方碑罢了。四周还有许多中世纪的建筑，虽大小不一，风格却都差不多。

最后我们终于走到了大街，虽然铺的是干净的条石路面，但满街商店却都装饰得十分华丽，其现代化的风格绝不亚于大都市。街道并不长，由于是沿着斜坡修建的，中间还有几级台阶。在这里漫步，尽管行人和游客不少，三三两两、成群结队的都是金发碧眼的红男绿女，可是没有车马之喧，便见出人人都分外的悠闲，恍有世外桃源之感！

走完了大街又走回头，时已中午，难免饥肠辘辘。于是我们就进了一家糕饼点心店，每人都要了一份冰淇淋、饮料和蛋糕。因为我实在欣赏德国的甜食和蛋糕，而对于德国的菜肴饭食则实在不敢恭维。边品尝着那做得很好吃的蛋糕和冰淇淋，边回想这小镇那么多古典式建筑和现代化街道所组成的奇特而又谐和的风光，我不能不为这个曾经饱受战争破坏的国家在保存古物、维护传统方面所作的出色努力而赞叹。

午后两时，我们终于告别这个小镇，到广场登上归程的公共汽车。当汽车徐徐开动，我凝望这色彩明丽而又风格独特的古老小镇，一片依依不舍之情不自禁地油然而生。我知道，这个哈廷根将会永远以它那古色古香的美好风貌留在我的记忆里了！

1991年6月9日

从波鸿市乘火车北上，经杜塞尔多夫等鲁尔区的城市和乡村，我们看到工业区的许多烟囱和原野上的许多橡树。黄昏时分，我们抵达德国北部的重要城市——汉堡。

汉堡位处易北河畔，有轮船通向北海和世界各地，是德国传统的交通枢纽和商埠。我们从火车站出来，坐出租车来到旅馆，住下后，韦莎婷回家探望她父亲，让我们自由行动。我们就从旅馆出来，穿过一道绿树林立的草坪，到街上去散步。

草坪靠街道处塑有德国著名诗人席勒的铜像，上面长满斑斑的铜绿，显示出历史的沧桑感，也显示一个民族的文化韵味和对于传统的重视。我们在铜像前瞻仰良久，可惜由于光线太暗，没有能够留影纪念。

不一会儿，我们走到一个湖边。沿湖不但环绕马路，还有许多桥梁，桥下有运河可以通达易北河。沿湖楼舍林立，虽多是四到五层，不很高，却五颜六色，在灯光下显得格外雅致壮观。因为怕迷路，我们不敢走得太远，想找地方吃饭，又因人生地不熟，竟然连饭馆也找不到，只好空着肚皮，回到旅馆。也许我们住的地方不是闹市，夜里相当安静，只偶有街车通过，马路和附近的草坪、树林都静悄悄的。

1991 年 6 月 10 日

这一天，韦莎婷就领我们游览了这个城市。

早晨在旅馆用过早餐，我们便走到运河码头，乘游览船沿运河去观光。

我们从一个湖边出发，游船可以乘坐不少人，座位也很舒适。船的顶棚是透明的玻璃覆盖的，所以一路上运河两岸的风光一览无余。游船从湖边的码头出发，一路上沿运河开去，有许多闸门把船一段段从上游放到下游的低处去。运河并不宽，仅容游船对开，两岸屹立成排的楼厦，建筑得各种各样，也都是四五层高，有的是带有小码头的仓库，有的是富人的府第，可谓琳琅满目，船行其间令人目不暇接，就像是巡行在意大利威尼斯的水巷一样。不久，船就开到了易北河的港口，一眼望去，但见河面宽阔，停满了一艘又一艘大小轮船，真正是帆樯如帜，许多驳船小艇来回穿梭，一片繁忙景象。

从易北河边的码头登岸，我们又信步沿河岸向西，穿过几条街道，只见许多房屋的墙上都画有巨幅各种各样的彩画。有的占了整面的高墙，蔚为壮观！走着走着，我们又来到岸边的山上，只见到处别墅豪宅林立，每栋房子都盖得十分别致，充分地展现了不同建筑师的设计艺术。韦莎婷介绍说，这里是富人区，住的都是富商大贾，或是政府官员、艺术家和律师。后来我们又走到一片河岸的沙滩，看到有些男人和女人半裸着躺在那里晒太阳，河上一艘巨轮正缓缓向西的入海口开去，还有一艘飘有中国五星红旗的轮船迎面开来。韦莎婷说，这里有很多轮船来回于中国和德国之间。这自然使我们感到很欣慰！

看来汉堡是个很大的城市，沿着河岸展开，站在小山上，

一眼望不到边。韦莎婷见我们很累的样子，就找辆出租车送我们
回旅馆。

1991 年 6 月 11 日

到汉堡大学访问是我们来这个城市的一大目的。大学就在
城市里边，依着街道，接待我们的系主任是位女教授，她热情地
欢迎我们来访。领我们参观学校的图书馆和阅览室，我看到阅览
室陈列的许多杂志中也有中国社会科学院文学研究所出版的《文
学评论》和《文学遗产》两种刊物，还有中国作家协会主办的
《文艺报》，可以看出他们对于现代中国文学的重视！

系主任在接待中还送给我一本用德语出版的书，记述德国
和中国交往的历史，其中还刊有当年清政府的官员访问汉堡的照
片，距今已有 130 多年的历史，很是珍贵！书籍是道林纸印的，
印刷装帧都很精美，尤为难得。在当时从中国到欧洲，要经过太
平洋、印度洋，再经好望角，绕过非洲南端进入大西洋，然后又
经过英吉利海峡，才到达北海，因此，沿途要用几个月才能抵达
汉堡。可谓路途遥远，十分不易。

汉堡大学的汉学研究，在德国也比较有名。他们能够编写
和出版中德两国的交流史并不奇怪。

汉堡大学也是德国古老的大学之一。学校跨越街道两边，
占地很广。我们步行在校园中，见到许多学生来来往往，夹着书
本或背着书包，朝气勃勃，青春焕发。其中也有黑头发、黄皮肤
的东方学生。教授介绍说，有不少中国留学生在汉堡大学学习。
可惜由于时间不够，我们也不能从容跟他们交谈，只与一位从上
海来的女生谈了几句。

汉堡大学还有一位女教师是从中国来的。她叫谭绿漪，除
教汉语，也写小说和散文，还参加过赵淑侠组织的欧洲华人作家

协会。她说，中国女作家韦君宜和我们研究所的李钟岳前几年来德国访问时，她曾经接待过。我知道他们那次访问，沿途都住在德国朋友家里。这种方式虽有不便之处，但好处是在于能够更多地接触当地人，更多地了解普通德国人的生活状态。我们到处住旅馆，尽管方便，却正苦于无法与德国普通人多接触。

离开汉堡大学，我们又去参观一家博物馆，但展品并不精彩，没有给我们留下多少深刻的印象。

1991 年 6 月 11 日

我知道纳粹曾经在波兰的奥尔威辛有个集中营，在那里杀害了数百万犹太人，却不知道在汉堡附近也有个集中营。

我们一早就乘公交车去汉堡的郊区参观这座集中营。

集中营设在一片森林中，乍一看，似乎是一片绿茵茵的公园，散布在原野之上。而当我们的车穿过林间公路来到林荫深处的集中营时，眼前的景象确实使我们震惊：在林间的一片空地上，耸立一排排矮小的平房，被四周的铁丝网围绕着，那就是当年集中营的牢房。据说，在这所集中营拘留的多是各国的战俘，也有犹太人。他们先是被强迫做苦工，然后就被送进焚尸炉，当年的焚尸炉如今还耸立在营地的一角。那是个用红砖砌成的塔形建筑，底下开了个门洞，上面有只烟囱，两条铁轨直通到门前。想必无数的尸首就是从这里被送进炉里化为缕缕青烟的！

营地里有间新建的展览馆，或许从前就是集中营的本部，是栋三层楼的木板房子。里面陈列着大量的照片和实物，包括纳粹党徒打人的鞭子和各种刑具。而照片上更一一再现了那时集中营的各种惨景：皮包骨头的战俘，被折磨得不成人形的劳工，正被推向焚尸炉的尸首……那一幅幅照片所浮现的景象，真正是惨绝人寰，叫人毛骨悚然！这些照片怎样收集和保存下来，实在是很不容易的事。这自然是德国政府有个专门的机构来负责的。

德国人敢于把当年这样的照片和实物展览出来，这实在需要勇气，需要一种真心诚意的反省和忏悔的精神。我一边观看这些展品，一边感受内心的沉重，感受那逝去的历史岁月是何等的可怖，但同时也不能不佩服德国人改恶从善、悔过自新的真诚胸怀。特别是我们走出展览馆，来到林间一片绿地中间镶嵌地面的一块块方形墓碑，看到上面刻写的死亡者所属的二十多个国家名字时，我不能不感到内心强烈的震动和感动。希特勒可以说是真正的恶魔，他曾给人类世界带来多么严重的灾难呵！历史是涂改不了的，只有正视过去的历史，才能真正改写将来的历史。据说德国总理勃兰特当年到波兰访问时，曾在被害犹太人的墓碑前下跪，这一真诚的举动曾使全世界为之动容！是的，正如孔夫子所说："过而能改，善莫大焉！"

比较起来，日本人的胸怀就不如德国人。至今还有许多日本人，特别是执政者还年年去参拜供着战犯牌位的靖国神社，连南京大屠杀的惨案也不敢承认，百般为当年军国主义的侵略罪行开脱，甚至涂脂抹粉，这怎么能使世人相信他们对过去的侵略战争具有真正的认识呢？战后的德国如今已融入欧洲，已成为欧洲联盟的中坚力量，而日本至今仍然与亚洲的邻国搞不好关系，这难道是偶然的吗？

1991 年 6 月 12 日

今天离开汉堡，向柏林进发。

德国如今已经统一了，但火车通过当年东西德的边界，仍然能够看得出两边明显的差别。西德农村的房舍大都修葺一新，而东德农村的房子则显得破烂和陈旧。来到柏林也有这样强烈的印象：西柏林比较新，东柏林虽然也有许多新建筑，但仍然让人见到许多二战时代留下的弹孔累累的旧房。我们来到柏林时，东西德合并已经一年多了，冷战时代的柏林墙也早被拆除，但东西德不同社会制度留下的痕迹仍随处可见。

柏林自然是世界的名城之一。我曾经从二战前的报刊图片上见过柏林的旧貌，见过希特勒发表演说的雄伟的国会大厦和勃兰登堡门。我也看过苏联影片《攻克柏林》，看到影片中到处颓墙断壁、几被炮火和轰炸夷为平地的柏林。自然，今天的柏林早已从战争的噩梦中重新站立起来。虽然高楼大厦不多，但五六层高的建筑鳞次栉比，沿街而立，差不多恢复了战前柏林的旧貌。而高层建筑则东柏林比西柏林为多。东柏林的电视塔，更成为全城的最高建筑，是昔日东德的骄傲！

我们去参观国会大厦，当年苏联红军以惨重的伤亡为代价，把红旗插上大厦的楼顶，这影像似还历历在目。而现在看来这大厦并不怎么高大和雄伟，与我们北京的人民大会堂相比，简直就像小巫见大巫。附近的勃兰登堡门原是东西柏林的分界线，现在成为东西柏林的大通道。门前的广场上有许多小贩摆着地摊，兜售苏联红军撤退后流散的军装、肩章和望远镜，还有用塑料袋装的"柏林墙"的混凝土碎块。这真是历史的大讽刺，睹物思情，让人充满世事无常的历史沧桑感！

东德曾是苏联阵营生活水平最高的国家，与西德合并后，国营企业被西德成立的托管局接管并迅速私有化，大批解雇工人是普遍的现象，还有原来的厂长、总工程师因失业而自杀的。东德大学教授的工资现在只值西德教授的一半，许多原来学马列主义的，学法律的，搞外交工作的，都失业了。他们也只好去摆地摊卖旧货，以维持生活，所以，他们满腹牢骚，觉得合并是上当受骗！东柏林过去是没有妓女的，现在在大街上不仅有了妓女，而且她们还拿有卫生局开示的健康证明，挥舞着以招徕顾客。

柏林大街的另一特色是到处都有越南人在当小贩。据说东德当年因劳动力匮乏，招了十六万越南工人来柏林工作，现在他们也失业了，又回不了越南，只好留在当地谋生。

柏林的公交车还给我留下不良的印象：许多车辆上好好的皮座椅居然被用笔乱涂乱抹，甚至被用刀划破。韦莎婷说，这都是心怀不满的年轻人干的。

来到柏林，我们就住在柏林洪堡大学。接待我们的是我的同学梅意华教授。

1955年，有三个民主德国的留学生在北京大学中文系学习，与我正是同班，其中一位就是梅意华女士。毕业后她回到德国就教于洪堡大学，成为欧洲知名的汉学家，还被东德教育部聘为终身教授。这次，德国学术联合会安排我们访问柏林洪堡大学，自然，梅意华也被指定来接待我们。老同学多年不见，相见时十分亲热。当年身材苗条的她，现在却成为胖老太太。她把我们安顿在大学的招待所，就领我们上街，请我们吃饭。

用餐时我打听另外两位当年的同学崔义和与叶丽莎的情况。梅意华说，崔义和回国不久得了精神病，后来就去世了；而叶丽莎则在德国北方一个小城市工作，平时她们也很少联系。我听后，不免感慨和叹息！梅意华还说，她丈夫穆海南原来是学中国近代史的，现在也失业了。他们的儿子却小小年纪就拍了电影，当了电影演员。

餐后，梅意华领我们沿着运河旁的小路走回招待所，我和张韧被安排住一间大房间，还附有厨房和卫生间，显得相当宽敞。招待所是在学校外面，所以，我们稍事休息，便在梅意华带领下去访问学校。先是到了东方系，与几位教授见面，后又去参观图书馆和当年恩格斯当兵时住过的兵营——现在成为大学的一座校舍。这座校舍确实显得相当陈旧，有面墙上还留有战争期间的许多弹洞。

梅意华还一定要请我们到她家里做客。她家住在从前东西柏林的分界线边，原处城市的一角里，现在东西柏林一合并，她家倒成了市中心了。韦莎婷领我们坐公交车，换了几次车才到达。那是栋五层的红砖楼房，没有电梯，梅意华住在三楼上。房子虽不算高级，却还算宽敞，有三间房一个大客厅兼餐厅。为了我们的到来，梅意华做了许多菜。她说，她丈夫和儿子到德莱斯顿去了，家里只剩她一个人，所以我们尽可放肆点，自由地在各个房间看看，领略一番德国教授的日常生活。我们一边喝着红葡萄酒，吃着菜，一边天南地北地谈各种话题，韦莎婷也很有兴趣地参加我们的谈话，东西德合并的利弊自然成为我们的热门话题。

梅意华说，合并所以实现，很大的原因是很多工人投票赞成统一。因为他们认为一旦统一，他们的工资就会跟西德工人一样高，而且还可以到欧盟的所有国家自由旅行。而过去在德国统一社会党统治下，东德工人是很难有出国的机会的。但没有想到，统一后，他们的工资不但没有涨上去，反而面临大批的失业。大家普遍有个感觉，统一后，东德人成了二等公民了。所以，现在人们又怀念起社会主义时代的好处来。这种状况恐怕要好多年才能改变！

她还说，现在这个楼里的住户就面临一个困扰的问题：那就是原来的房主的孙子从西德来了，宣布这房子是他的，要住户们搬走。住户们不干，他就雇人拿石头砸窗子，矛盾很尖锐！

我问，为什么西德的房子都修葺得很好，而东德的居民楼却显得破烂呢？梅意华说，那是因为我们的房租便宜，房管局没有钱来维修。我问，为什么西德的工资比东德高许多？梅意华说，东德有许多社会主义制度下享受的福利，像公费医疗等等。

韦莎婷说，其实西德的工资贫富悬殊很大。比如一个企业经理的月薪可达十万马克，而一个清洁工的月薪却只有四百五十马克。这就是说，后者的工资只够租一间不带厨房和卫生间的小房。因此，这样的工人就要找第二份工作才能维持生活。

1991 年 6 月 13 日

梅意华约我们今天一起去运河上航行，可以从船上观览柏林的城市和郊区的风光。

原来柏林的运河四通八达。它可以把欧洲的几条河，包括易北河、莱茵河、多瑙河和注入波罗的海的河都连起来，因而从柏林坐船就可以到达北海、黑海和波罗的海。一早，我们就来到运河码头，登上了乳白色的游艇，沿着运河向郊区驶去。

柏林的运河比汉堡的运河宽，特别是进入郊区，就显得相当宽阔，游艇不少，航行的大型船只却不多。运河两岸可以看到林木掩映中的许多建筑，有临水的俱乐部和别墅式疗养院，也有工厂和仓库。风景线显得开阔而优美！梅意华指给我看前面右岸临水的一座白色房子，说："那就是马克思当年住过的地方！"她补充道，"马克思在那里疗养过，社会主义时代成了公家的疗养院。将来就可能被私有化了！"言下她未免黯然。

是的，马克思当年既想不到德国会成为世界上的第一批社会主义国家，因为他老人家曾预想社会主义将会在英美那样的资本主义发达的国家先实现；马克思自然更想不到德国的社会主义政权会在一夜之间化为乌有，人们重又回到了资本主义的体制。历史的道路就是这样曲折，即使在马克思的故乡，这种变化也足以让人深思！

游艇中有大厅，摆着许多桌子和靠椅，我们大家围桌而坐，喝着饮料，凭窗眺望沿河的景色，后来又登上顶层的甲板，视野更加开阔，可以看得很远。柏林郊区没有什么山，一片平原，但树木很多，各种房舍都隐现于青青绿绿的树荫中，颜色丰富多彩！

看来，我们几个人包括韦莎婷都是社会主义者，我们对于德国统一的巨变都怀有复杂的思考和感情，在游览中我们不断谈论这个话题。谈到德国统一社会党年代生活有保证的安定，也谈到那时体制和思想的僵化；谈到戈尔巴乔夫新思维的合理方面和造成的祸害，也谈到民主德国领导人自己的失误和责任。梅意华说她作为统一社会党的老党员，后来也退党了，现在成了无党派人士。但她认为，德国的社会主义力量还在，人们会从历史的曲折中吸取经验与教训，会去寻找更合理的道路。

韦莎婷说，实际上西德社会民主党标榜的也是社会主义，他们属于考茨基所建立的第二国际。他们是在资本主义的框架里去搞一个又一个社会主义的目标，如社会保险制度，如国营企业，等等。

游览变成了政治讨论，不知不觉间游艇已从远郊区驶了回来，天色也渐渐暗下来，柏林全城已笼罩在苍茫的暮霭中，华灯亮了起来，我们的讨论也只好结束了。

1991 年 6 月 14 日

离柏林不远的波茨坦是德国昔日的皇宫所在，又是结束第二次世界大战的著名的波茨坦宣言的签署地，所以我们就决定到波茨坦一游。

从柏林到波茨坦要坐一段双层的列车，车行速度比较快，几十分钟就到达了。这是个小城，游人不少，红男绿女络绎不绝！从车站出来，我们穿过不大的街区就来到了皇宫。皇宫坐落在一片林木修葺得十分精致的花园中，屹立在稍稍高出平地的山坡上。我们先是看到一座金色的亭台，亭子四周塑有几个人像，有的还跪在地上，仔细一看竟是清朝服装的中国人，明显带有侮辱中国人的意图。很可能这是八国联军进北京那个时代的产物，那时的德国威廉皇帝不可一世，八国联军的统帅就是德国人瓦德西。皇宫都是单层建筑，外表并不多么华丽，里面却布置得金碧辉煌！这天恰好没有开放，我们只能在窗口朝里看了看。皇宫的占地和规模当然不能跟北京的故宫相比！但它是西式的建筑，几座房子一字儿排在岗地上，也显出一定的威严！因为周围都是花园，视野开阔，景色幽美。

欧洲这片地方，20世纪就发生了两次世界大战。两次都跟德国有密切关系。两次它都曾不可一世，两次它都成了战败国，又都奇迹般地重新屹立起来。可以说，波茨坦是它的侵略和战败的历史的重要见证。这座皇宫目睹了德意志帝国的辉煌和不可一世，也目睹了它如何打起降旗、向战胜者投降的屈辱。当年美国、英国和苏联的领导人正是在这个皇宫里签署了波茨坦公告，为第二次世界大战画上了重要的句号。

我徘徊在皇宫的台阶上、花圃前，望着烟雨蒙蒙的灰色天空，四顾小城的景物，确实心中怀有无限的感慨！今天的中国人已不再是20世纪初受列强任意欺负和奴役的中国人了，自然今天的德国人也不再是威廉时代或希特勒时代的德国人了。德国人也从历史的沧桑中醒悟过来，走上了融入欧洲的和平发展的道路。应该说，这既是德国人之福，也是全世界之福！

离开波茨坦，雨还蒙蒙下着。当我们乘坐的列车风驰电掣般向前奔去，我深深感到，在历史面前，人类既应牢记和缅怀那些已逝去的岁月，更应大踏步地迎向充满希望和憧憬的光明未来！

1991 年 6 月 15 日

在柏林市中心有座小教堂，战争年代挨过轰炸，房顶已经炸没了，剩下断垣残壁，现在还屹立在那里，给人们留下永恒的战争记忆。就在教堂前的小广场上，却活跃着一群艺术家，有弹吉他的，有唱歌的，有跳舞的，还有为过往行人画肖像的。这也堪称当今柏林的一景！就像勃兰登堡门前的地摊也是一景一样。我们原要去参观博物馆，经过这里，还是被这所教堂和街头艺术家吸引住了，忍不住走近参观那成为历史陈迹的教堂，并驻足观看了艺术家们的表演！

柏林的博物馆很多，但我们只能选两家：即美术博物馆和人类博物馆一看。

美术博物馆不但保存许多精美的绘画和塑像，甚至还保存了整座从巴比伦搬来的古城门。所有的展品都保存得很好，恒温恒湿，防火防潮，灯光照明也恰到好处。还有保安十分严格，所有展品都不许观众过于靠近，否则警铃立即响起来，而保安也赶到了跟前。展品中有许多来自中国，有绘画、玉器、瓷器和陶器，还有从新疆剥下来的壁画。看到祖国的宝物流失到外国的博物馆，心里实在不是个滋味！从巴比伦的城门下走过，看着那城砖上的精美雕饰、各种图像，瞻望那高大的门洞，我实在也十分佩服德国博物馆的大手笔！把这么雄伟壮丽的城门拆下装箱，再在博物馆里重新装建起来，这该是何等艰难的工程呵！

人类博物馆的展品也十分丰富。不但有欧洲人古代的许多文物和用品，还有美洲印第安人的独木舟和图腾柱、帐篷和帽饰等大量展品；更有非洲黑人和太平洋岛屿上土人的面饰和文身……真正是琳琅满目，美不胜收！看这样的展览不但了解了许多民族的历史，更增长了有关民族的许多文化知识，包括有些民族的性崇拜的习俗和神秘的巫术。这么多展品的收集和陈列，可以想见也是非常之不易。而我国正是匮乏这样的人类博物馆或民族博物馆，应该建议有关部门从速筹备才对。

整整一天的博物馆参观，真是够累的，边走边看，不知不觉间足足走了几十里路哩！约定明日晚上还要请梅意华到招待所吃我们做的饭，虽然还有些展厅没有来得及参观，而闭馆的时间也将到了，我们只好割舍，匆匆到街上买了些食品，便赶回招待所来了。

1991 年 6 月 16 日

今天我们按行程去访问西柏林的自由大学。这是所拥有六万学生的学校。韦莎婷先领我们来到东亚系，跟几位德国教授座谈。然后又引我们会见一位来自台湾的教授，相互寒暄了一阵。他说自己到这里执教已经多年，也比较习惯这里的生活了。告辞后，我们在街上吃了午饭。下午，洪堡大学另一位也曾在北京大学留学过的女教授陪同我们去参观东柏林的一所教堂和恩格斯当兵时住过的旧房子。这位教授在北大学习时，比我低几个年级，所以，过去互不认识。她长得个子比较高，能说一口流利的北京话。教堂没有太大特色，只是登上它的钟楼，可以眺望柏林全城的景色。东柏林高楼很少，最高的就是电视塔，但东西柏林合在一起，面积很大，从哪个方面都一眼望不见边。参观了一阵儿，我们就来到教堂下的广场漫步，并拍了一些照片。

晚上，梅意华陪我们到柏林市政厅附近的文化交流中心的一个大厅，参加文学界的一场聚会。据说，这个中心曾举办过高行健的画展。今天晚上则是中国台湾女诗人席慕容和张香华访问德国，在这里做报告和朗诵诗歌，梅意华领我们坐到后排旁听。大厅里听众不少，几乎座无虚席，诗歌朗诵的效果不错。但没有想到，他们的报告，大厅里有人提出异议。反驳她们的是辽宁锦州文联主席高深，他大约是带了个作家代表团来柏林访问，也应邀参加这个会。陡然间，会场的气氛便紧张起来。海峡两岸由于隔离过久，彼此互不了解，对问题的看法不同，是很自然的，彼此语气的生硬，更易增添隔阂。我本来想起来也说几句，将双方的对立和缓一下，但一想到我们不是正式来宾，是来旁听的，想想就没有发言。好在主持会议的德国人打了个圆场，显得僵持的气氛才算缓和下来。

1991 年 6 月 17 日

白天，北京大学教授闵开德来我们的住处看望我们。他是我的同年级同学，治文学理论，被派到柏林洪堡大学教学。因为北大中文系与日本东京大学和柏林洪堡大学有协定，互相交换派教授来讲学。他说，他讲学的期限快到了，不久将要回国。谈了一阵儿，他就告辞。我和张韧就到街上随便逛了逛，走了不远，又采购些食品，我们又回到寓所。

我们宿舍的厨房用的是电炉，非常安全。只要把现成的盒装食品拆开，一一放到电炉灶上去烤、去加热，一会儿工夫，我们就把饭做好了，正巧，梅意华也如约来到了。

我们围着饭桌坐下来。饭菜虽简单，却十分可口，有烤鸡，有奶油烤鱼，还有土豆泥和罗宋汤，加上面包和水果，就算是蛮丰盛了。住在楼下的韦莎婷也来跟我们共进晚餐。也可以说，这是我们的告别宴会，因为明天我们将要离开德国飞回中国去了。

我们喝着啤酒——真正产自慕尼黑的德国黑啤酒，一边吃，一边聊。眨眼间我们来到柏林已经八天了，这八天里韦莎婷和梅意华都基本陪着我们。她们带我们参加过柏林文化中心举办的诗歌朗诵会，引导我们去电视塔眺望柏林的全景，还陪我们访问了西柏林的自由大学。眼看就要分手，大家不免临别依依，有很多话要说。但是晚上我们还要去布莱希特剧院看话剧表演，所以，宴会还没有尽兴，也只好匆匆结束。

　　布莱希特剧院离我们住的招待所并不远。梅意华家里有事就提前告辞。我们就步行来到剧院。

　　布莱希特曾是著名的共产党员作家，他与卢卡奇关于现实主义与现代主义的论争非常有名，产生过广泛的影响。他采用现代主义的手法写作，但作品的内容很贴近现实，有强烈的进步意义。为了纪念这位革命的剧作家，剧院的门口塑有他的铜像。我们原想领略一下西方戏剧演出的效果，不料，这晚上剧院却停止演出，这使我们不免十分失望！我们在街上走了一会儿，韦莎婷就劝我们回招待所，因为她听说最近有帮新纳粹分子晚间追着越南人打，前几天他们在德累斯顿还把一个黑人活活摔死！韦莎婷害怕晚间在街上碰见他们，指不定会把我们也当做越南人揍！实际上，柏林晚间的街道也没有什么逛头。因为他们的所有商店到下午五时便全部关门下班了，所以，晚间的街道显得冷冷清清，行人很少，灯光也比较暗淡。

　　韦莎婷把我们送回招待所的房间后也告辞了。临别，她忽然流泪告诉我们说，两天前她父亲去世了，她要赶回汉堡去奔丧！这使我非常震撼！她为了陪同我们，竟然没有及时去奔丧，我不禁深为德国人的敬业精神所感动！送别她之后，我们只好在房间里看电视，看到美国总统克林顿夫妇访问中国，在西安的兵马俑跟前参观、照相，其他再也看不到有关中国的新闻了。屈指之间离开祖国已半个月，对于国内发生的事一无所知，真是很想念！

1991 年 6 月 18 日

　　从柏林飞北京却不简单。原来没有直飞的航线，我们得先坐飞机到法兰克福，从那里换飞机飞丹麦的哥本哈根，然后飞机又从那里向北沿着北极的边缘飞向东半球。因为这样的线路才最短。如果从南线走，就得飞到中东，从那里经巴基斯坦、印度到香港，再从香港飞回北京，那就别提多么远了。

　　从法兰克福，我们坐的是中国民航的波音 747 型大飞机。因为旅客少，舱位宽敞，很多人都可以占一排座位躺下睡觉。一上飞机，就碰见北京市副市长张百发带的什么代表团也回国，我们有幸坐同一架飞机。我一直坐在窗口边，飞到丹麦时，天还没有黑，后来继续向北飞，不小心，我迷糊了一会儿，张开眼睛却见东方已泛出青白色，一轮红日从那曙光中冉冉升起！使我感到这太奇怪了！莫非"天上方一日，世上已千年"，我还未曾真正睡去，怎么刚刚看见日落，又马上迎着日出呢？但仔细一想，不禁恍然大悟：原来现今正是北极的日不落的季节，在北极的人们能见到太阳全天二十四小时都在地平线上转，既不再升起，也不再落下。俄罗斯的列宁格勒和我国的最北端的漠河，在夏季出现白夜，也是这个缘故。而我们的飞机现在贴着极地的边缘航行，自然这边刚见日落，那边就很快见到太阳升起来！

　　这真是自然界的一大奇观和奇遇！从北京飞向法兰克福，我们是撵着太阳飞，总不见太阳落下，北京已是次日六时了，我们还没有过完当日的晚间十一时。这也就是说，我们从太空找回了整整半天！而现在，我们又迎着太阳飞，还是沿着极地的边缘飞，这样，欧洲的当日还没有过完，亚洲的新的一日便提早来到了。换言之，我们无形中丢失了半天！

　　舷窗外没有看到地平线，只看到一抹云彩。那一轮血红色的朝日，有如一只小小的圆球，已从云彩中跳起，瞬间放射出万丈光芒！我看见过海上的日出，也看见过高山的日出，但从飞机上，从一万多公尺的太空看日出，这还是第一次。而它的奇特，它的辉煌和壮丽，正如我国古代的伟大诗人屈原在《离骚》中所描述的，太阳驾着车轮，滚滚而来，"吾令凤鸟飞腾兮，继之以日夜；飘风屯其相离兮，帅云霓而来御"。而我也大有"驾八龙之蜿蜿兮，载云旗之委蛇"的奇妙感觉！正是朝发苍梧，夕止县圃，"陟升皇之赫戏兮，忽临睨夫旧乡"！是的，飞机仍向东飞去，那里正是中国。

访日日记

1993 年 4 月 6 日

　　我获中国作家协会通知，参加以中国作家协会党组副书记玛拉沁夫为团长的访日代表团，团员有我和深圳作家协会主席林雨纯、中国作家协会外联部翻译李锦琦。上午九时，我们从首都机场出发，三个多小时抵达东京。日中文化交流协会的事务局副局长横川健先生偕该会工作人员来迎接。进入市区后，我们被安排到五星级的新大伦饭店住下。当晚，日中文化交流协会会长白土吾夫先生宴请。白土吾夫先生已七十多岁，从事日中友好活动已数十年。五十年代初，他还是日本学生运动的领袖，后来经中岛健藏先生的委托，创办了日中文化交流协会。他曾经受到毛泽东主席十三次接见，受到周恩来总理四十三次接见。日中文化交流协会差不多每年都邀请中国文化人和作家、艺术家来日本访问。宴会作陪的还有日中文化交流协会事务局局长佐藤女士和横川健先生。后者出生在中国，他的父母现在还作为专家在中国工作。他自己毕业于四川大学，会讲一口流利的汉语。显然，这些日本朋友都非常热心于日中友好事业。

1993 年 4 月 7 日

　　上午我们代表团在横川健先生的引导下，来到一个林木森森的幽静陵园，先到中岛健藏先生的墓前献了鲜花，以表示对这位日中友好事业的先行者的崇高敬意。然后去访问日本老作家水上勉。他是日本著名的推理小说家，许多作品也被译到中国来。他家在东京的一个小巷里，是一座很普通的木建构的两层小楼。他在自己的小客厅接待了我们，他的夫人很热情，送来了咖啡。水上勉先生说到他小的时候在日本京都当过和尚，后来翻墙逃了出来，经过流浪，慢慢学会了写小说。他说，他的小说因为读者多，稿费也多些，所以很早就买下这栋房子。他说，他下一步将写历史小说，而且是以中国为题材的。这引起我很大的兴趣。他知道我是福建人，说他的小说题材就来自福建，宋代福建的建瓯、建阳一带是福建的造纸中心，也是图书出版业的中心。他就想以那时的造纸和出版如何促进日中的文化交流来写一部小说。这真是一个视角很独特的题材。大家交谈甚欢！还一起拍了些照片。临行辞别，他送我们到门口，这时他的夫人推着一张轮椅也出来送行，轮椅上坐着一个十岁左右的孩子，患小儿麻痹症，肌肉萎缩，不能自己行动。这就是他们的孩子，使我们大为震惊和同情。真是每个家庭都会有它的不幸！

下午，我们又去访问日本的一位剧作家，他穿着和服出来接待我们。因为我们对戏剧不熟，对日本戏剧更知之甚少，所以宾主没有多少话可谈，变成了礼节性的拜访。

晚上，白土吾夫先生又宴请我们，并请来水上勉、黑井千次、三浦和夫等作家作陪，席间宾主交谈得非常欢洽。白土吾夫说，他总跟日本的年轻人讲，日本的文化基本都是从中国学习来的，从建筑到书道、茶道，日本人自己的创造大概就是把中国的团扇变成折扇。所以，日本去侵略中国，实在等于侵略了父亲的国家，实在很不应该。他的真诚的语言，使我非常感动！在谈到日本作家的收入时，水上勉先生说，稿费最多的应数司马辽太郎，他写中国题材的历史小说，很受读者欢迎，如《刘邦与项羽》等。他一年收入一亿五千万日元，不过要交五千万税。他又说，尽管他的稿费比黑井千次先生多，但黑井千次所写的小小说，文学水平却比他高。大家笑语不断。玛拉沁夫幼时在东北曾学过日语，他会说一些日本话，加上他酒量好，又会唱歌，所以特别受到日本朋友的欢迎。当场他就唱了好几首歌，有一首还是日本歌。宴会尽欢而散，使我们都沐浴在亲切的友情中。

1993 年 4 月 8 日

今天横川健先生领我们去横滨访问日本作家、因《雪国》等作品而获诺贝尔文学奖的川端康成的家。经过一个小镇时，我们看到一尊绿锈斑斑的大铜佛坐在广场的莲花座上，我们赶紧下车，到大佛跟前照相。横川先生介绍说，这就是有名的镰仓大佛。川端康成便住在这个镇里，果然，不太远，我们就来到他家。这是一个不小的院子，房前有种着树木的草坪，川端康成先生的夫人听说是中国作家代表团来访，就亲自出来接待。她已经八十多岁，还端着制作得十分小巧的日本点心请我们吃。寒暄片刻，就领我们到川端先生的书房瞻仰先生的遗照。我们脱了鞋，走进这间书房，向先生的遗照鞠躬致敬，然后在榻榻米上坐下，观赏书房的布置。川端夫人说，这里的一切都跟先生生前一样，没有什么变动。书桌依旧，茶几也依旧，书柜里的书也依旧。整个房间显得洁净而雅致。川端先生是日本第一个获得诺贝尔文学奖的作家，当时在亚洲还有另一位获奖者则是印度的泰戈尔。临别，川端康成夫人还执意将点心装好盒子，要我们带走。殷殷之意，难以推却，我们也只好恭敬不如从命了。夫人亲自把我们送到门口，频频招手送别，其情可掬！

下午在宾馆新大轮饭店，日本笔会会长来饭店拜望我们。所以，大家就在团长玛拉沁夫的房间等候。不一会儿，会长来到，他穿一身和服，脚踏木屐，这使我们感到奇怪。因为现今的日本人在正式会见的场合都穿西服，而他却坚持穿民族服装，说明他很有一种坚执的性格。他说，他会见外宾，一向是穿和服。他说他哥哥在上世纪三十年代，侨居上海，是左翼作家，与鲁迅有深交，后被日本人杀害。日本没有作家协会，只有笔会，是国际笔会的分支。他代表笔会对我们的来访表示欢迎。宾主交谈两国作家的情况，约谈了一小时，他就告辞了。明日，我们将出发去广岛，大家便回房准备。

1993 年 4 月 9 日

上午先到火车站，横川健和他的两位同事陪同我们乘新干线列车去广岛。到达广岛首先就去拜访县知事竹下虎之助。在日本，县等于中国的省。县知事等于省长。他在官邸接见我们。这是个比较高大的日本男人，约莫五十多岁，很热情。他招呼我们在客厅的沙发坐定，就讲起他到过中国。说到自己的名字，说他兄弟三人，他叫虎之助，弟弟叫豹之助，还有个弟弟彪之助。日本人的姓，一般都代表地方，竹下就是他出生的地方。大家寒暄了片刻，他就叫人拿出文房四宝，让我们题字。我的书法不行，一向不曾练过，林雨纯也写不好。幸亏玛拉沁夫的书法甚佳，他还带了印章，写了几幅，竹下虎之助大为称赞和高兴。晚，他设宴招待我们。

1993 年 4 月 10 日

今天去参观原子弹爆炸纪念馆。1945 年 8 月，第二次世界大战在盟军攻下柏林不久，美国在日本投下的第一颗原子弹就落在广岛，第二颗则落在长崎，加上苏联红军攻破日本关东军的防线，进入我国东北，促使日本天皇不得不宣布无条件投降。而当时广岛伤亡达十多万人。看了这个纪念馆，我们深感战争的残酷和给人民带来的苦难。纪念馆内陈列许多实物和照片。当时的广岛大多是木头房子，因此，那时的原子弹只有两万吨的爆炸当量，却把整个广岛市夷为平地。到处是残垣断壁，满目疮痍，中心区的人口几无孑遗。尚活着的人，身上，手臂上，脸上的肉一块块一条条血淋淋地吊挂着，非常恐怖！陈列品中有许多在高温下被熔化的金属管子，扭曲的钢筋和变形的玻璃瓶子。看着这些照片和实物，让人心情无比沉重！从纪念馆出来，我们步行在一个广场上，不远处就可以见到残留的一座建筑，有一个钢架的圆形屋顶和半堵墙。横川先生介绍说，那是当年的帝国银行。我们走到跟前，看到门口的水泥台阶上有一屁股形的凹印。横川先生说，当时有个人坐在台阶上，原子弹一爆炸，人和建筑基本上都化掉了，只留下这样一个印子。我听了，毛骨悚然！

下午，又安排我们去郊区参观一户农家。广岛有一个号称亚洲第一的立交桥，由多条高速公路交叉形成。我们的车经过这座桥便向农村驰去，四十分钟抵达一家农户的门前，女主人出来接待我们，并领我们去参观她种植花卉的棚子。这是盖得很高大的玻璃棚，里面种植的全是蝴蝶兰，各种各样花色形态的蝴蝶兰都有。一眼望去，琳琅满目，极其美丽。主人介绍，这样的兰花，一束卖到广岛市去，可以卖七八百日元。蝴蝶兰原产于非洲，后被引进到台湾，又从台湾引进到日本，现在成为日本农户的一个重要的种植产业。参观完，女主人还执意要送我们一束蝴蝶兰带回宾馆去。

1993 年 4 月 11 日

今天我们去参观日本的古都奈良。先去参观东大寺。上一次访日，我曾经来过奈良。不过这一次是由市长接待，所以特别隆重。市长介绍说，古代的奈良完全仿唐朝首都长安的格式建造的。现在古城没有了，但地基遗迹仍然可以看到。接着他领我们步行，在广场般的遗址上细细观察。果然，当年宫殿的基址仍依稀可辨，遗址规模很大。这是我上次来时未曾留意的。

中午，市长宴请。席间，我问起日本的教育经费占城市预算的比例有多少，他说占百分之三十。我觉得与中国教育经费只占百分之二不到相比，这里的比例就非常高了。不过，他补充说，日本政府的预算与中国不同，因为中国政府的预算中有很大部分管经济发展的投资，而日本政府却没有这一块，所以教育投入就显得比例比较高。下午回到广岛，晚上，竹下虎之助知事又设宴为我们饯行，特别请了当地文化界的名流十多人作陪。宴会也比较正式，开头主人举杯致辞，之后由中国作家代表团团长玛拉沁夫致答词。宴会吃的是法国菜，喝的法国葡萄酒，还上了一道法国人爱吃的蜗牛。我算是第一次硬着头皮吃，不算难吃，但也不能说怎么好吃。坐在我旁边的是一位美貌的日本女作家，好像叫什么百合子。横川先生介绍说，她的小说非常畅销，是日本当红的作家之一。今天，她是特意从福冈赶过来会见我们，可是因为语言不通，席间我们也无法多交谈。

1993 年 4 月 12 日

今天我们去日本的名胜宫岛参观。要坐船去，在濑户内海航行一个小时才到这个岛。濑户内海是日本本岛与九州、四国之间的内海，相当宽阔，一片蔚蓝，今天风平浪静，船行其中，一点颠簸也没有。登上岛来，果然名不虚传，到处是高大的松林，有许多古色古香的建筑，挂有"日本文化财"的牌子。横川先生解释说，就是国家文物的意思。我们沿着海岸的小径步行，深感空气的清新和风景的优美。后来走到一个处所，横川先生要我们停下来，准备观看当地艺人的兰陵舞的表演。这本来是中国的舞蹈，但中国已经失传，而日本却传下来了。这不免使我们汗颜！南北朝之际，北齐兰陵王长相非常秀美，打仗时为了使敌人害怕，他就带副狰狞的面具上战场。这就是兰陵王舞的由来。兰陵即现在山东的苍山县，那里也是东晋王羲之的故乡。李白的诗句"兰陵美酒郁金香"，讲的就是那个地方酿制的美酒。我们被引到舞台前的条凳坐下，舞台后面有一小小的宫殿建筑，三面环海。不一会儿，就有扮作道士的乐队拿着锣鼓等乐器从那宫殿里上到舞台，开始奏打击乐，然后，扮作兰陵王的演员头戴狰狞的面具，身穿锦袍上场，一边歌唱，一边舞蹈，舞步很慢，唱什么也听不懂。这到底是否古代的兰陵王舞，也无从判断。看完舞蹈，我们向演员表示感谢，这才告辞，回程去乘船。

当天，我们的目的地是四国的松山市。它在濑户内海的南面，海水蔚蓝，海面布有许多小的岛屿。横川先生说，正计划修建一座大桥，从广岛穿过这些岛屿直达四国。船行海上，天风浩荡，微启波浪。我们到达时已经天黑，立即住旅馆。然后到街上一家卖"天妇罗"的小馆子去吃饭。这是横川先生专门安排的，有意让我们领略一下小馆子的风情。所谓"天妇罗"就是用面粉裹着的油炸大虾。我们进入小馆子，就被引到一排柜台前挨个坐下，柜台后面就是酒店厨房的操作台。厨师全是女性，其中一个年龄稍大，约五十岁左右，一边唱着歌，一边操作。不一会儿就用铲子把锅里炸好的大虾送到我们每人面前，操作的姑娘们也个个嘻嘻哈哈，十分快乐的样子。炸出的海鲜都很鲜美可口，气氛尤其好，饶有民族风情！所以一餐饭，大家都吃得非常高兴，回到旅馆，赶快休息。

1993 年 4 月 13 日

凌晨，天还没有亮，我们便被叫醒，乘车去鱼市场参观松山的鱼市场。这是个很大的仓库式的鱼市场，有许多渔民已将捕获到的鱼送到这里，鱼贩子也很多，叫喊声此起彼伏。还有拿大秤称鱼的，有将一头大鱼宰了，分开卖的。所以让我们来参观，大约是为了让我们多多了解日本各方面的生活吧！参观完，才回到旅馆吃早餐。上午就去参观一个城堡，四国从前是日本的藩国，四国的诸侯就在首府松山修建了一个坚固的城堡。我们从大门进去，沿着厚墙内斜坡的道路盘山而上，墙上有许多可以向外射箭的垛口。山上有座城楼式建筑，跟我过去在大阪见到的一样，便于守军居高临下，陈兵守卫。现在里面则陈列展品，包括过去日本武士的盔甲、弓箭、刀剑等。出了城堡，又去访问一所小学。使我很感动的是，临别时，一个小女生将她的胸牌摘下来一定要送给我，她名叫松井藤枝，友好之意，十分真诚而纯洁！但我想，学生毕竟不能没有胸牌，所以，上车时，我还是拜托小学的老师把胸牌转还给她，并转达我的衷心谢意。我们还与松山的诗人进行了座谈，松山是日本著名诗人松尾芭蕉的故乡，这里也可以说是个诗国。写诗的人很多，街上挂有许多像邮箱般的木箱子，原来都是征集诗歌的。市民写了诗就可以投进箱里，有专人每天收集，定期选编出诗刊来。这真是个好制度！

1993 年 4 月 14 日

今天我们从松山机场乘飞机回东京。日中文化交流协会还安排我们有两个重要的活动：一个是日本众议院议长樱内一雄要接见我们中国作家代表团；还有是要在新大谷酒店为我们举行一个招待酒会。樱内一雄曾多次访问过我国，他在自己的官邸接见我们，这是个相当和蔼的老人。他的大客厅里挂着一幅巨大的中国画家画的腊梅图，几乎占着一面大墙。画上开的黄色腊梅，枝桠交错，有吐花蕾的，有花枝招展的，有花瓣怒放的，为豪华的会客厅平添了满屋春意！樱内一雄先生笑称自己还是日本樱花会的会长，因他喜欢花卉。他对中国作家代表团的到来表示欢迎，希望我们多看些地方，多批评。玛拉沁夫团长是我们的主要发言人，我也间或插些话，谈话显得比较亲切，临别合影留念。因是礼节性会见，前后不到半个小时。这算是对中国作家代表团的最高规格的接待了。晚上，新大谷饭店的招待酒会也是个高规格的，大厅里摆着一长溜桌子的各种酒类和冷餐食品。中国驻日本大使也来参加了，出席的日本文化名人很多。有平山郁夫、松本清张、黑井千次等，连川端康成的夫人和女儿也从镰仓赶来参加，还有日本东京大学教授和早稻田大学教授。我所熟悉的岸阳子女士也来了，她曾在北京住过几年，现在是早稻田大学的教授。招待酒会开始，白土吾夫先生先致辞，玛拉沁夫致答词，之后，宾主便端着酒杯，随便彼此走动着碰杯交谈，并吃点自助式的冷餐。气氛相当热烈！可以说，将我们中国作家代表团的此次访日活动推向高潮，也为活动画了个圆满的句号。

1993 年 4 月 15 日

代表团全体成员离开新大轮酒店，从东京飞返北京。途中，我心里涌动着复杂的感情。近代以来两次中日战争给我留下非常深的阴影和痛感，对日本军国主义深为厌恶；但两千多年来中日两国毕竟有长期的友好交往，这种人民之间的友好纽带实在谁也无法割断。此次访日，所见的许多日本友好人士，他们的真诚也实在使我感动！

泰国之会

1996 年 11 月 22 日

今天，前往泰国参加华文微型小说国际研讨会。上午到机场办理了手续，本来偕妻子王淑秧同行，因科研处给我购的是另一航班的头等舱，所以我们只好分乘两架班机，我就先登机了。在空中飞行几六小时，中间还吃了一顿航空小姐送来的丰盛午餐，下午三时才到达曼谷机场。我出了航站楼却不见有人接，未免有些着急，只好自己拉着行李箱在大厅来回找人，却怎么也不见一个熟人。后来有一司机主动问我要去哪里，表示愿意拉我去。无奈之下，只好乘他的车。他把我拉到泰国华文作家协会副会长梦莉的公司，公司工作人员说，梦莉已去机场接我，还没有回来，她先付给司机 36 美元。实际上，按计程算，她说只应付 10 多美元。可见出租车司机敲了我三倍的价钱。过了一会儿，梦莉才从机场赶回公司。原来曼谷机场有两个航站楼，她跑到另一航站楼接我，这就错开了。她就住在公司的楼上，我先见了他的先生，也是公司的老板，然后跟她上楼，在她家坐了片刻。我知道她先生就是泰国华侨巨子蚁美厚的后人，他的公司几乎垄断了泰国的内河航运业。自然，她的家显得很豪华，家具讲究，摆设很多。之后，她就驾车请我到街上的餐馆用餐，点了一些海鲜。给我印象深刻的是端上来一大海碗鱼翅，我还以为是粉丝。在北京，一小盅鱼翅就值六百元人民币。这一大海碗恐怕总值好几千元了。梦莉要我多吃，她说在曼谷，鱼翅没有北京那么贵。饭后，她把我送到开会的宾馆，淑秧也已经到达。北京与她同机来的还有文学所的徐廼翔和文联出版公司《世界华文文学》的主编白舒荣。晚，会议东道主泰华作家协会在酒店宴请到会人员。

1996 年 11 月 23 日

会议就在我们住的宾馆召开，出席会议的有近百人，泰国华人作家居多，还有来自马来西亚、新加坡、菲律宾、印度尼西亚和香港、台湾等地区的作家、学者，从广东来的有饶芃子夫妇等，国内的微型小说作家凌鼎年也来参加了。济济一堂，发言相当热烈。泰国华文作家协会会长司马攻先生致欢迎词，他是泰国纺织业的巨头，业余却喜欢写微型小说；曼谷市长是华裔，姓陈，也来致辞。我和淑秧也做了发言。实际上，正式开会只有一天。

1996 年 11 月 24 日

会议安排大家去参观泰王宫和寺庙。曼谷是个比较现代化的大城市，横跨湄南河两岸。市内交通也比较拥挤，好在有几条高速路和相应的立交桥，所以，车流还是通畅的。王宫相当辉煌，屋顶是金色的，但建筑基本受西式影响，有数层楼。我们不能进入，只在宫外的广场拍些照片。泰国是信佛教的国家，据说泰国男孩都要到寺庙里当几天和尚，全国有大大小小的佛寺四十多万所。小的佛寺就像一个佛龛，立在马路边上。我们今天去参观的是比较大的佛寺，尖塔形的屋顶也是金色的，佛寺的建构与中国的有所不同，只有一个佛殿，但非常干净，必须脱鞋才被允许进入，佛殿里供着一尊玉佛，和尚也披着僧衣。善男信女进殿后可以跪拜，也可以只是游览。殿内只点有烛光，烧香的香炉则放在院子里。大概是为了避免污染殿堂的空气吧！由于佛教不许说诳，不许偷窃，泰国人一般都信佛教，所以，据说绝少发生偷窃的事件。

下午，我们乘船通过湄南河去参观郑王塔。湄南河在市区已是很宽阔的河流，我们船行不久，就能见到建在岸边的郑王塔，塔高数十米，其建筑风格与中国的宝塔大不相同。仿佛是个塔群，底层很大，由多塔组成，越高越尖，显得十分壮丽。据介绍，郑王是华人，入赘泰国为驸马，因帮助泰国领兵打败了入侵的缅甸大军，被拥立为泰国国王。后来却被他的妻子的弟弟所害。泰国人为纪念他的功绩，遂修建了郑王塔。我们没有登岸停留，后来船进入一条小河，大约是湄南河的支流，两岸布满吊脚楼般的小房，河边有许多贩卖各种物品的小船，有卖各种水果的，也有卖各种鱼鲜的，还有卖各种花卉和纪念品的，熙熙攘攘，繁忙而热闹。船上的小贩男男女女都有。这就是曼谷著名的水上市场，也是贫民和一般平民区。

晚上，会议安排我们到湄南河边去看河灯。据说今天是泰国的一个节日，风俗就是要在河上放许多纸质的灯笼，点上蜡烛，放到河里漂流。河两岸的高楼大厦也都点亮霓虹灯，大放光明。我们坐在河边的咖啡座，一边饮咖啡，一边观看人们放河灯。有的河灯是荷花形的，有的河灯是菱形的，不一会儿，就看到河上飘满了从上游漂流而下的河灯，闪闪烁烁，有类满天星斗。对岸还有放彩花焰火的，益发使湄南河两岸的夜景灿烂多彩！泰国华文作家协会会长司马攻和梦莉一直陪同我们观看。夜阑，我们始回宾馆。

1996 年 11 月 25 日

今天乘车去曼谷郊区参观一个华人企业家经营的鳄鱼养殖

场。那里居然养殖有四万五千条鳄鱼。我们参观时沿着架引桥的栈道，居高临下地看满地爬着、躺着、睡着的鳄鱼，有大有小，长相凶恶而丑陋。据说，养鳄鱼是很赚钱的生意，鳄鱼肉可以吃，鳄鱼皮可以卖很高的价钱，可以做女人用的手提包、皮箱和皮鞋、皮腰带。接着，我们还观看了养殖员把脑袋伸进鳄鱼嘴巴里去的表演。鳄鱼的嘴张得很大，其牙齿锋利无比。这种表演，真是让人惊心动魄！养殖场的主人在他的客厅招待我们喝茶，介绍养殖场发展的基本情况。大家都觉得长了见识。下午，回到曼谷，许多国内来的同志，特别是女同志，要到宝石馆参观，想购买宝石项链之类。我也陪妻子一起去。据说，泰国产一种红宝石，挺有名的，价格自然比国内便宜。到了宝石馆，先请我们看了一段电视纪录片，介绍宝石的种类和生产过程，并给我们每人都献上香茶一杯，然后才引我们进入商场。里面的售货小姐更十分殷勤，不厌其烦地给顾客推荐各种宝石镶嵌的首饰，让你感到不买就不好意思。淑秧买了条红宝石项链，又买了一副红宝石耳坠。女同胞没有不买的。

1996 年 11 月 26 日

今天我和淑秧自费到泰国的旅游胜地芭堤雅游览，许多国内来的也同行。大家坐大巴车约三四个小时就到达芭堤雅，这是座小城，却相当繁华。我们听从导游的安排，坐船到附近的一个岛屿，那里的沙滩特别美，沙粒银白色，很细，海水更分成多种颜色，近岸浅绿，稍远碧绿，更远就呈浅蓝和深蓝。靠近沙滩的海水则完全透明洁净。许多游客在这里游泳、晒太阳，我也下海游了一会儿。后来在沙滩上，泰国小孩就来兜售鳄鱼皮带，在他的反复推销下，我不好意思竟先后买了五条。要不是内人淑秧出面干涉，坚决制止，他还会纠缠下去。回到芭堤雅，天色已晚，住进旅馆后，大家匆匆吃了晚餐，餐厅里大多都是上海来的旅客，满厅都是上海话。餐后就赶去剧院看人妖的歌舞表演。剧院很豪华，有许多小包厢，演出也有很高的水平。那些人妖长得跟女孩一样，服装华丽，舞姿优美，歌也唱得很好，甚至能唱中国歌曲《血染的风采》。演出结束，人妖没有卸妆纷纷来到剧院门外的广场，跟观众照相。有几个上海人跟一个人妖照，完了人妖说，你们五个人，虽然只照一次，也要收五份钱。这几个人就不给，气得人妖踢了他们一脚，还骂了他们一声，完全是男子的声音和好斗的样子。据说，泰国小孩如果要变成人妖，五六岁时就得送去培养，进行变性和学习，长大了就长得跟女孩一样，长出女人的丰乳肥臀和细腰。但他们虽然收入很高，寿命却短，往往四十岁左右便去世了。人妖表演成为泰国旅游的必看节目，因为别的国家还没有，成了泰国的特色。

1996 年 11 月 27 日

今天返回曼谷，途中，去参观大象的表演。那里的大象能顶球，能踢球，还能叠罗汉，能让游客躺到地上，躺成一排，大象便能迈步从人的间隙走过，而不会踩到人，还能让游客坐到它的鼻子上，把游客举起来。下午，还去看了一个黄氏祠堂。据说，泰国一向不排华，历代来泰国的华人很多，现在的总理班汉也是华人，本姓马，建立有马氏宗亲会。华人为了能够参加泰国的政治活动，多改成泰语的名字，但为了不忘本，就建立了许多祠堂，编印了许多宗谱。梦莉告诉我说，她本家姓徐，在曼谷就有徐氏宗祠，族谱上印有历代传人，可以上溯到祖先徐州的徐偃王。她这一系，从徐州迁到浙江，再迁福建和广东汕头，后来才到了泰国。可以说，泰国的经济命脉大多控制在华人手里，现在泰国有九家银行，八家是华人经营的。晚，司马攻会长和梦莉副会长举行宴会为我们饯行。

1996 年 11 月 28 日

偕同淑秧乘飞机返回北京。等待我的就是文学研究所的日常工作了。

澳门一瞥

应澳门大学中文系主任施议对的邀请，赴澳门参加语文学术研讨会。但因文学所工作的耽误，今日才得以飞澳门。到达时，会议刚结束，施议对安排我住进鸟笼式赌场附近的高层酒店。当晚设宴款待。中国社会科学院文学研究所先期来的张奇慧女士，被邀请作陪。她在澳门还要逗留一段时间，被安排住在《澳门日报》招待所。施议对是我们文学研究所吴世昌先生的博士，对宋词与音乐的关系有深入研究。他是福建人，算是我的大同乡。毕业后，他到香港任刊物主编，后转到澳门。

我是首次来到澳门，对这个沦为葡萄牙殖民地达四百年之久的世界闻名的赌城，怀有相当复杂的情感和好奇的心理。晚餐后，施教授就领我去参观鸟笼式的赌场。这是个圆形建筑，真像鸟笼一样。里面的走廊也是圆的，两旁的房间都是赌场，有弹子机，有轮盘赌，还有打扑克牌赌的。据说二楼的赌场，下的赌注，起注便是二十万元，令人咋舌。楼下的弹子机，可以买些钢珠投入，施教授买了一碗钢珠让我试投，结果全被吃掉。他解释说，这种机器的设计，就是让投珠的人，赢的比率很低，这样，赌场才能稳赚钱。大约一年只有一次有人能获大奖，奖金有一千五百万之多。内地有一农村妇女得过一次，但要送给赌场四百万，赌场才会派人保护她把钱带回内地，否则，澳门黑社会就会把她抢了。他说，澳门本地人并不赌，就是吸引全世界的人来赌，现在共有九个赌场，澳门政府的收入，百分之八十，都来自赌场。赌场的楼上好几层都是宾馆，赌徒可以开房住；澳门妓女很多，大多是我国改革开放后来的。他指给我看，一些穿黑色短裙、挎着黑提包的女郎就是妓女。他说，这座楼，赌徒住在这里，吃喝嫖赌占全了。我听得目瞪口呆，都属过去闻所未闻！可以说，这是殖民地的一种腐败文化！他们送我回旅馆后就告辞，并说明日约我去访问澳门大学。

1996 年 12 月 23 日

上午施教授来领我去澳门大学，张奇慧同志偕行。澳门大学在一个离岛上，从澳门有跨海大桥相通。桥虽不宽，却像拱桥那样中间拱起，且比较长。岛上似乎只有澳门大学的校舍，依山而建，我们参观了中文系和图书馆，并在那里拍了些照片。下午回到澳门本市，去参观了葡人修建在山头上的炮台，据说当年有海盗进攻澳门，被打退了，炮台上还陈列着好多尊大炮。山头下就是澳门的妈祖庙，也算澳门的名胜古迹。然后又去澳门电视台，为我做了一个采访节目。晚间，《澳门日报》社长和总编辑李鹏翥宴请，该报文艺部主任汤梅笑和编辑廖可馨等作陪，施议对和张奇慧也出席了宴会。

1996 年 12 月 24 日

上午澳门葡萄牙政府的博弈司副司长陪我去参观过去葡人的住宅区。地点临海，有一排绿墙建筑的两层楼房，显得清新而雅致。门前的道路旁还设有可供歇息的靠背椅。我们在附近散一会儿步，与那位副司长坐在靠背椅上就聊起来。他约莫四十多岁，头发是黑的，脸型却像欧洲人，会讲流利的广东话，自己说，刚刚开始学习中国普通话。他说，葡萄牙人到澳门已经四百年，传了好多代，有的跟东方人结婚，所以，头发变黑了。现在，他们回到葡萄牙，葡萄牙人就不承认他们是葡人，而认为他们是东方人。但他们仍然会说葡语，仍然保持葡萄牙的风俗习惯。将来，澳门像香港那样回归中国，那么，他们就成了少数民族了。下午，我们去拜访了澳门老诗人梁披云先生，他已九十多岁，他的旧体诗写得很好，承蒙他赠送我一本诗集。他说他捐资在泉州办了一所黎明大学。他的弟弟就是曾任广东省长的梁灵光。老人精神还好，我们坐了一会儿，与他合影后就告辞，又去拜访笔名萨空了的现代诗人。他给我介绍说，澳门的诗歌团体很多，有几十个，多数是写新诗的，也曾办过诗刊，但多数诗歌均在《澳门日报》副刊发表。晚间，我的两位福建同乡宴请，他们在澳门经商，也写写旧体诗，经施议对介绍，就慕名要宴请我。宴后，请我们去歌舞剧院观看歌舞。今天是圣诞前夜，街上张灯结彩，一片节日气氛。我们还在街上步行一阵，走到旧的澳门市政厅前的广场，才折回新换的一个旅馆。

1996 年 12 月 25 日

施议对主任和福建的两位老乡驾车送我到飞机场。施议对说，我国外交部驻澳门的官员说，从澳门电视台的节目上才知道我来访澳门，怪我们没有先通知他，否则他会安排葡人的澳门政府正式接待，规格就会高些。我只好请转告我的谢意！从澳门到北京飞行三个小时多。短短的澳门之行就结束了。但许多印象和新认识的朋友，会永远留在我的记忆之中。

初访香港

1997 年 6 月 8 日

　　受香港作家联会会长曾敏之先生的邀请，我偕《文学评论》编辑部主任王保生于今天一起访问香港。我们因为先去海南省海口市参加中国当代文学方面的研讨会，后转湛江师范学院讲学，又从湛江飞抵深圳，才一起过关去香港。过关时，中央电视台的白岩松恰好排在我们前面。出了香港海关，香港作家联会的秘书潘小姐就在迎候。我们一起乘地铁，过九龙到达香港本岛的湾仔，入住华润公司的旅馆，在五十层楼。潘小姐告诉我们说，上次中国作家协会书记处书记邓友梅来访，住的也是这间套房。说是套房，其实是一个稍大的房间套着一个小房间。王保生让我住大房间，他就住小房间。安顿好，潘小姐就领我们到附近的一家餐馆用餐。香港作家联会副会长潘耀明先生已在等候，他是福建同安人，与我算是大同乡，现在他是金庸所拥有的明报集团《明报》月刊的主编兼出版社总编。我们早就认识，是老朋友了。我们一起用过晚餐后，他就驾车领我们上太平山去看香港的夜景。

　　车沿盘山路而上，到达山顶，整个维多利亚湾和九龙、香港尽在眼底。但见一片灯光灿烂，高楼林立，远远近近的灯光灿若星海！潘先生又购票领我们去看立体电影。原来这不是一般的电影院，而是让我们坐在一个可以活动的小房间里，用保险带把自己绑在座位上，看客不过十个人左右，大家坐定就开始放映。而我们的座位也开始活动起来，忽而向左，忽而向右，忽而向前，忽而向后，而我们好像乘着一艘飞船，向前飞行，飞速地穿过一个大厅，穿过大门，穿过一条高楼林立的大街，又穿过一片森林和原野，最后又飞向太空，向一星球飞去，快到时几乎擦身而过，前面好像又有一柄利剑向你刺来，到了鼻子跟前，才向旁边刺去，会吓得你出身冷汗！全部电影大概也就放映几十分钟，却让我们经历了未曾经历的幻境，也算是进入香港后开的第一个眼界吧！

1997 年 6 月 9 日

上午，我们在住地周围漫步，吃了早餐，潘小姐就来领我们去参加香港作家联会的欢迎会。欢迎会在一家酒店开，来了香港好多作家。老的有曾敏之、刘以鬯、犁青，中年的有陶然、王一桃、张诗剑、潘耀明、黄维梁、黄国斌、戴天、巴桐、也斯（梁秉钧）、周蜜蜜、陈娟、东瑞、陈少华等几十人，我们先是举行座谈，然后就用餐。大家还一起照相留念。

刘以鬯老先生已八十多岁，他是香港作家联会的现任会长，又是《香港文学》的主编。满头银发，但面色红润，很有长者风度。其他人多数曾到大陆参加世界华文文学研讨会，我都见过。餐后，大家散去，潘小姐领我们到九龙去参观关于老香港的展览馆。我们先是坐地铁到了九龙弥敦道，然后步行到展览馆。实际上，也可以说是旧香港的博物馆。其中建有旧香港的狭窄街道和各种商铺，完全是十八世纪的旧式，让人有古色古香之感！弥敦道是一条现代化的大道，有许多现代化的商店，显得相当繁华。从那里可以走到维多利亚港边，那里有艺术馆、剧院等，站在栏杆边可以看到各种船只在港中来往穿梭。对岸香港本岛的高楼大厦历历在目。据说，过去最高的是汇丰银行大厦，现在则是中国银行大厦。潘小姐从那里领我们坐轮渡回到香港本岛，又去参观了新盖好的大会堂，像个龟背似的伸出在岛畔，外表全用玻璃镶成。下个月，按照中英协定，香港就要正式回归中国。回归仪式将要在新建的会堂里举行。

1997 年 6 月 10 日

上午香港作家联会秘书长罗朗先生来陪我们上太平山观光。这回我们就从山脚乘自动电梯上山。原来，自动电梯分好几段，又相互连接，我们可以从山脚一直乘到山顶，而且是免费的。从山上看白天的香港，自然更清晰，视野也更开阔。罗朗先生为了使我们对香港全景有更清楚的印象，就领我们沿着山间小道绕行太平山一周，可以历数山下的许多高楼。从山上下来，又到中国银行大厦、香港长官官邸和百货超市大楼走马观花看了一遍。长官公署其实很小，是座白色建筑。内地的县政府建筑，都比它更大更气派。我们无法进去参观，只在街上看看外表。

下午，福建同乡所创办的中华文化促进会邀请座谈并宴请我们。出席的有张诗剑、陈娟夫妇、巴桐、梁荔玲、李远荣、戴天等，席后合影才散。香港有许多文艺团体。香港作家联会是左派的。另有香港作家协会的会长是朱莲芬，系全国政协委员。听说她是个富商的夫人，拿出一座房子作为协会的场所，所以就被选为会长。香港作家协会与香港作家联会彼此不来往，所以，我们这次作为香港作家联会的客人，也就不方便去访问香港作家协会了。张诗剑毕业于福建师范大学，曾在宁德工作过，她夫人陈娟曾写过长篇小说《昙花梦》，是写她父亲的侦探生涯的故事，非常吸引读者。但来到香港后，她却因为人看相和观风水而闻名和发了财，能够拿出钱来给张诗剑办了一份彩色印刷的香港《文艺报》，这也算是一段佳话了。

1997 年 6 月 11 日

上午，潘小姐来领我们去参观香港的海底世界公园。所谓"海底世界"，却在山上。我们要坐缆车上山，其实这个公园就是水族馆，它的许多建筑都在山上。我们在潘小姐导引下，循序参观了许多鱼类展览馆。其中有一展览柜里，透过玻璃可以见到许多海里的各种鱼在自由自在地游着，其中还有鲨鱼，有一女性饲养员穿着泳装和脚蹼，也在里面跟鲨鱼一起游。馆里还有海豹、海狮，还有海豚在池中表演潜游和腾跃，能顶球，能飞跃半空的红色圆圈，还能亲吻饲养员，非常可爱！从海底公园出来，我们已从山顶又回到了半山腰，那里有许多游戏的设备，有过山车、秋千船、盘旋车斗之类。我尝试去坐了一会儿旋转的车斗，立即头晕眼花，直想呕吐，只好赶快下来。毕竟已经上了年龄。这也是平生头一回的体验吧！

1997 年 6 月 12 日

今天黄维梁教授驾车来，邀我们到香港中文大学参观。原来，这所大学在九龙半岛，离深圳的边界不太远。学校依山而建，在文学院的大楼前碰见著名学者饶宗颐先生，他是香港中文大学的资深教授。他正要离去，黄先生为我们介绍后，我们便匆匆握手道别。我知道，他学问渊博，其名望不在钱锺书先生之下，有"北钱南饶"之誉。参观毕，中午，黄先生约来香港诗人黄国彬教授，一起请我们在学校食堂用午餐。然后又开车把我们送回香港本岛的寓所。

晚上，潘耀明驾车来，说金庸先生今晚要宴请我们。随即我们就登车，过香港的跑马场。潘先生说，香港人赌赛马，这个跑马场，每周都能造出一个千万富翁。因为谁押对了马，赢了就会得到大笔钱。不一会儿，就到了金庸先生宴请我们的法国酒店。潘先生介绍说，这是百年老店，在香港很有名。

我们一进门，王保生就被侍役拦住，不让上楼。因为他没有穿西装。侍役把他拉进一个房间，拿了一件黑色的西装上衣给他换上，才让上楼。潘先生解释说，这是这家酒店的规矩。上得楼来，只见金庸先生和他的太太已到达。金先生显得很儒雅，他的太太很年轻，潘先生早给我介绍过，说这是金先生的第二任太太，原是一家饮食店的招待，因为金先生去得多了，彼此就产生了感情。金先生跟原来的太太离婚后，就跟她结了婚。她把金先生照顾得很好，特别是金先生得病期间，她照顾得无微不至，两人的感情很好。金先生招呼我们坐定后，他太太就点菜。我送给金先生一只从海南岛带来的铁木雕刻的山羊，金先生很高兴。大家寒暄，我问金先生，《鹿鼎记》之后，他是否封笔？或是还想写新的题材。他说，他想写历史小说，想写汉武帝，已经阅读了不少资料。很快，侍役便送来红葡萄酒，上了菜。第一道菜是半只圆面包扣在碗上，碗里是奶油汤烧大海蛎。我从来没有见过这么大的海蛎，无怪乎法国人那么爱吃海蛎了。第二道菜是煎牛排。第三道就是甜点，冰激凌。吃完，金太太付账，居然花了八千多港币。我颇为不解，因按内地的标准，这就贵得离了谱。金先生说，他的武侠小说全集即将在大陆出版，出版后他会赠送我一套。我表示感谢！我们仍然乘潘耀明先生的车回旅馆。路上，我问潘先生，这家酒店为什么这么贵？潘先生说，你没有注意到侍役送来的红葡萄酒的年代，这是藏了几十年的陈酒，一瓶就要三千多块钱。我确实没有注意，我说，早知是好陈酒，我就多喝几杯了！潘先生说，从内地来的文化人，在香港靠办报发财的只有金庸先生。我问：他究竟有多大财产？他说，约有十八九亿港币吧！我心想，怪不得他出手这么阔绰！专找这么名贵的酒店来宴请客人。

1997 年 6 月 13 日

今天黄佩玉来约请我们吃饭，她说她特意请来饶宗颐、曾敏之和一位罗忼烈教授作陪。他们都是香港文学界最有学问的老学者。黄佩玉是我北大的同学，比我高两届，在校时是中文系学生会主席，曾与她丈夫沈仁康写过一本关于抒情诗构思的学术著作，毕业后他们似乎分开了。她因父亲是香港的富商，就回到香港，在香港中文大学读了个博士学位。但在香港谋职很难，她就移民到了加拿大。这几天在香港，因是老同学，她跟曾敏之先生也关系很好，所以就热心张罗了今天的聚会。果然，我们到达时，曾、饶、罗三位前辈都到了，使我很不好意思。因为人数不多，我们就先坐下喝茶，随便聊天，并跟三位前辈一起照相，然后才点菜吃饭。饶先生不仅学问渊博，贯通中西，而且多才多艺，绘画书法都闻名。他是我的朋友、暨南大学副校长饶芃子的叔叔，所以，说起来彼此有种亲切感。我很感谢三位八十多岁的老前辈专门抽时间跟我们聚会，这确实使我们感到荣幸，为我们的香港之行添加了最后的一抹光彩！

1997 年 6 月 14 日

香港作家联会秘书长罗朗先生和潘女士来送行，我们的访问今天结束，从启德机场，我们乘飞机回到北京。应该说，香港之行印象丰富，交结的新老朋友也多。

菲律宾印象

1997年7月8日

　　应菲律宾华文作家协会的邀请，我前往参加菲华文学研讨会，同行的有王淑秧和《世界华文文学》主编白舒荣。我们先飞到厦门，然后继续飞马尼拉。飞机出厦门即在海上航行，从舷窗下视，碧蓝的大海一望无际，远处海天一色。但不久即看到许多岛屿，沿着岛屿的海岸线南行，很快就到达马尼拉上空。等飞机降落在机场，菲华作家协会会长吴新钿和副会长柯清淡已在迎接，主人还给我们献上挂在脖子上的花环。然后驾车把我们送到马尼拉市区一家豪华的酒店住下。下午稍憩。晚上，主人方宴请参加会议的客人。

1997年7月9日

　　会议就在我们住的酒店召开，出席会议有一百人左右。多数是菲律宾本地的华人作家。也有从美国、日本来的，东南亚来的则有新加坡华文作家协会会长黄孟文、文艺家协会会长骆明，泰国华文作家协会会长司马攻，马来西亚华文作家协会会长等。据白舒荣介绍，菲律宾华人作家分两派，一派是传统上亲大陆的作家，以林忠良先生为代表，另有文艺团体；吴新钿原来亲台湾，但近年有转变，开始转向大陆。所以，这次会议，另一派作家基本不参加。会上，吴新钿博士致欢迎词，然后请我讲话，他还代表协会，给我颁发了奖状。会议发言很踊跃，王淑秧也发了言，白舒荣也发了言。柯清淡原籍泉州，但小时即到菲律宾，那时福建人移民菲律宾的很多。他现在是一边经商，一边从事文学创作，东南亚的华文作家基本都这样。因为光靠写作，难以维持生活。他曾到大陆参加世界华文文学研讨会，所以我们是早已认识的朋友。这次我答应来，跟他有很大关系。他给我寄过大批菲律宾华文作品，我还认真阅读了。今天，我的讲演题目斗胆就叫《菲律宾华文文学的世界意义》。会议开了整整一天。

1997 年 7 月 10 日

今天会议安排我们去参观苏比克湾。那里原来是美国的海军基地，越南战争时期发挥了很大的作用，越战结束后，美军撤走了，现在就变成菲律宾的游览地之一。我们由柯清淡陪同，乘一辆中巴车前往。沿途穿越菲律宾的许多村庄，车行约三小时才抵达目的地。果然，苏比克湾风景很美，海边有如茵的草地和许多棕榈树、椰子树，大海湛蓝而平静。我们漫步到海边，在一家美军留下来的咖啡厅里，跟柯清淡围坐着闲聊和喝咖啡，眺望窗外海湾的景色，不免心旷而神怡！

柯清淡经营的是化学原料方面的生意。他说他的女儿是在美国学的法律，回到菲律宾可以当法官或律师。儿子还在上学，他们都不愿继承他的生意。他儿子有一次甚至向他提出一个问题，说如果中国与菲律宾打起仗来，他该怎么办？因为他是菲律宾公民，肯定会被征兵。柯清淡说，这就是今天菲律宾华人必须面对的处境。过去，我们叫华侨，但二十多年前菲律宾的总统马科斯与周恩来总理达成一个协议，即取消双重国籍。所以，许多华人只好选择菲律宾国籍。他说，其实马科斯很排华，那时他颁布一政策，不许华人经营小本营销，即不让华人当小商小贩。一时使许多华人陷入困境。但华人很聪明，大家想了个办法，即把资本集中起来办股份大公司，结果使得菲律宾的经济更多控制在华人手里。华人入籍菲律宾，改用菲律宾的名字，就可以参加当地的政治活动。所以，祖上是福建籍的阿基诺夫人就选上了总统。他说，当地存在贫富悬殊的问题，出现杀害和绑架富人的现象。前不久，有个日本人就在马尼拉市区的公园里被杀了。这次捐助我们会议的一个郑姓华人大老板，家里养了几十个保镖，还不敢坐小车去公司上班，而是每天从家里乘直升机到公司的楼顶来上班。

下午，从苏比克湾返回马尼拉。

1997 年 7 月 11 日

今天去马尼拉郊区的水车牛庄游览。那里有个公园，风景优美，且有废弃的飞机、坦克等放置在公园里供游客观赏。大家在公园中漫步，拍了许多照片。中午就到水车牛庄吃午饭。这个水车牛庄实在很别致。饭店完全是村野式的木建构，大厅里的饭桌像条案那样一排排，两边放着长条凳供用餐的客人坐。奇妙的是，大厅面对一个人工瀑布，如一排垂天而降的整齐白练，滔滔不绝地从半空落下，注入餐厅前的池中，然后就流到大厅里，所有就餐的游客都得把鞋脱了，光脚放在流水里。由于瀑布水雾飞腾，餐厅里便凉风习习，让客人感到非常爽快！不知什么人想出这么一个巧妙的设计。大家很快乐地用完自助餐后，才登车回到马尼拉。晚饭后，因天色尚早，我们便到旅馆门前的马路随便溜达，看到马路斜对面的日本人被杀的公园，树木森森，很是幽静。大概就是因为太幽静了，歹徒才敢在这里下手作案。

1997 年 7 月 12 日

今天，柯清淡领我们去参观又一处奇怪的所在——华人墓地和美军墓地。墓地在郊区，我们先到华人墓地，这是又一处奇观，原来这里的坟墓都盖成房子的样式，像别墅那样，而且由于坟墓密集，就建了街道和小巷，俨然是座鬼城。我们进去细看了几座坟墓，房子里面居然可以做饭，打麻将。柯清淡说，清明扫墓时，往往全家人都是先祭拜了祖先，然后把祭品就地烧饭吃，打麻将或者打扑克牌，玩一天才回城，有的还在这里住一晚才回去。美军墓地则完全是另一番景象，却也叫我十分震撼！那是一大片绿草如茵的场地，场地上竖立六千个白色十字架，标志每个十字架下都有一个阵亡的美国士兵。这个墓地，是美国为纪念第二次世界大战时美军从日本人手中收复菲律宾时登陆作战而牺牲的将士修建的。墓地的中央建有一个长廊形的大理石建筑，我们漫步前去，可以看到大理石上刻有六千阵亡将士的英文名字。其中有一些是华人，译有中文名字。两个墓地，代表着两种完全不同的文化，使我久久徘徊和思索！

1997 年 7 月 13 日

今日上午到我国驻菲律宾使馆做礼节性拜访。然后去参观一所华人学校。在那里碰见我们文学研究所蒋守谦的夫人赵老师，她应聘在这所学校教学，帮学校编教科书。我们与学校的校长和老师座谈，得知菲律宾华人子弟教育的一些情况。然后又去马尼拉市中心参观，在一广场向菲律宾国父的纪念铜像献花致敬。还参观了一所比较有历史的教堂，不过，跟我在欧洲参观的教堂相比，就很逊色了。下午柯清淡领我们去看一条旧街，那里的铺面显得很落后，但出售有许多工艺品。我购了一只乌木雕刻的大象作为带回北京的纪念。妻子淑秧又为我购买了两件绣花的麻纱衬衣，就是曾在马尼拉召开太平洋沿岸各国首脑会议时，菲律宾总统送给各国首脑的衬衣。为我买的是淡蓝色镂花的，显得颇为雍容华贵！晚，会议主人为我们设宴饯行。

1997 年 7 月 14 日

乘飞机回到厦门。

越南南北

1998 年 6 月 18 日

　　应越南社会科学研究中心的邀请，由我率领文学所代表团赴越南访问。代表团成员有我所研究员党圣元和外国文学所研究员李修生。李修生毕业于河内大学，越语很好，由他兼任翻译。我们从北京起飞，到达南宁过海关时，才发现党圣元没有把边境通行证带来，而且我们三人身上都没有带人民币。后来因此无法登机，又值下雨，只好一边给所里挂电话，一边给广西文联主席韦其麟挂电话，请他借三千元应急，准备晚上住在机场宾馆。幸好，不一会儿，韦其麟派广西作家协会主席韦一帆和《南方文坛》主编张燕玲冒雨驾车送来我们所需的款项。后来，中国社会科学院外事局又与国家公安部交涉，由公安部给广西边境管理局挂电话，这才给我们补办了离境手续。当晚，宿机场宾馆。

1998 年 6 月 19 日

　　上午九时登机飞河内，到达时，越南文学研究所所长和翻译武同志来迎接。他们说，昨天他们来机场接不到人，很着急，也不知出了什么事。今天接北京的电话，才知道缘故。从机场乘车沿红河岸向河内驰去，但见河内满街都是摩托车，市容酷似八十年代初的广州。安排我们住进一家带院子的不大的旅馆，并给我们发了几万元越南币的零用钱。中午，我们在门前的一家小饭店吃饭。越南菜不大好吃，显得寡淡无味。他们不用醋，而用柠檬汁。下午略休憩，武同志即来接我们去越南文学所，到时只见大厅已坐满人。原来，他们通知全所的工作人员都来听我作报告，并且把我比作当年的周扬同志，实在不敢当！越南同志深感自己没有理论，他们的改革开放就引进中国的理论，所以，在文学方面也迫切需要我们交流理论。我讲了中国文学近年的发展及其面临的理论挑战，主要是如何应对现代主义和后现代主义思潮。他们很聚精会神地听，之后还提了些问题，请我回答。我这一次的讲话，他们录了音。后来居然在越南《文艺报》全文发表了。晚，文学所领导宴请我们。

1998 年 6 月 20 日

因为我兼任中国作家协会副主席，所以越南同志又安排我们今天去会见越南作家协会和越南文联的领导。越南作家协会没有主席，只有秘书长。他名叫友清，很热情地接待我们。他说他原来是坦克兵，在中国受过训，那时他们的坦克、武器包括服装全是中国支援的。言下流露出他对中国的深厚感情。我们交换了礼品，相互介绍了两国作家协会的一般情况，就告辞了。

下午，又去会见文联主席，他是个年岁比较大的老同志，我没有记下他的名字。因为是礼节性拜访，相互交换礼物后，也只简单聊了几句。知道越南的文艺体制跟中国一样，都是从苏联学来的。晚上，因为没有别的安排，我们就自己上街溜达。没有想到，在过街口，等候绿灯的时候，有个女的突然跑到我跟前，对我附耳说了几句什么话，当我还不曾听明白时，她已把手伸进我的裤袋，将袋里的钱物掏走了。我才觉察她是小偷，便喊了起来。党圣元手快，就抓住小偷的另一只手，小偷慌乱中就将偷来的东西往地下一丢，挣扎着跑掉了。我们捡起她丢的东西，一看，所有的越南币都已不见了，只余下我装在信封中的人民币。可见她的手脚之快！这件事给我们留下很不好的印象，感到越南的治安情况实在不如人意！

1998 年 6 月 21 日

今天安排我们参观河内的孔庙和还剑湖。这里的孔庙与中国的无异。进门右侧还有进士碑，石碑上刻着汉文书写的越南历代进士的名单。正殿供着孔夫子的塑像。越南长期受中国文化的影响，从汉代至唐代，它还作为中国的交趾州，直接归属中国。因而，越南各地有文庙并不奇怪。还剑湖是河内的名胜公园，湖不很大，但景色秀丽，建有亭台楼阁，花木扶疏，水光潋滟。其中有些对联、横幅，题的也是汉字。可见有些历史岁月了。

下午，社会科学中心的领导接见我们代表团。社会科学中心相当于中国的社会科学院。它的主任是越南共产党中央委员。在与我们交谈中，他说到自己幼年时在农村还读过四书，即《大学》《中庸》《论语》和《孟子》。还说到胡志明等老一辈越南领导人都会写汉诗。这也说明汉文化对越南的影响之深。

1998 年 6 月 22 日

翻译武同志陪同我们去游览越南的名胜之地——下龙湾。车从河内开出，穿过许多田野和小镇、农村，景色与中国两广一带差不多。只是越南农民的房子盖得五颜六色，设计也比较西化，家家户户不同，其风格受到法国的影响。河内的房子也多属法式建筑，很少高楼大厦，但皆显精致美观。几个小时后才到达下龙湾。我们先住进一家海滨的酒店，窗外即可眺望大海。晚饭后，我们在海边的沙滩散步，即有十多岁的男孩来为当地妓女拉皮条，而且会以中国话说："越南的姑娘很白！"被我们摇头拒绝后，才快快离去。海风吹来，甚为凉爽，夜色苍茫，海上渔火点点，犹若星斗在夜空闪烁。

1998 年 6 月 23 日

早饭后，武同志即领我们乘游艇去游下龙湾。据说，这里沿海布有一千多个岛屿。属于桂林山水的喀斯特地貌。岛屿有大有小，奇形怪状，有的酷似双鸡啄米，有的像大象伸鼻，有的如鲸鱼出水，有的叫仙人朝天，不一而足。而且船行其中，换个视角度，形象就有变化。我们仿佛行船于漓江之中。有座海岛，还有岩洞，可以登岛深入岩洞去探幽。我们上岸也进去看了一下。武同志介绍说，元代蒙古皇帝忽必烈曾派大军乘船来攻打越南，结果在下龙湾全军覆没。蒙古军队以骑兵胜，横跨亚欧大陆，所向披靡，但到了海里就不行了。忽必烈攻打日本，也因大风而全军覆没。我们的游艇在下龙湾游览了两个多小时，于海中转了一大圈才回到原来的码头。吃了中午饭，即乘车回河内。但这里的美丽景色，依然留在我的脑海，就像国内游桂林漓江那么美！

1998 年 6 月 24 日

今天从河内飞胡志明市，即原来的西贡市。越南整个国家是个狭长地带，从河内到西贡要飞一千多公里，武同志陪行。到胡志明市后，入住一个比较大的酒店。这里相当于越南的上海，实际上是越南的第一大城市，也是比河内更现代化的城市，原为南越首都，所以，高楼盖得比较多，街道也比较宽阔。我们住旅馆，服务水平和菜肴制作都比河内更胜一筹。当天下午，我们先去参观了原南越的"总统府"。那是一个比较大的白色建筑，很气派，占地面积也广。前面有很大的广场，摆有一个坦克的塑像。据说南越的最后一任总统阮文绍就是当西贡被北越军队攻陷时从总统府乘美军直升机仓惶逃走的。总统府是个三层建筑，内有会议厅、会客室和卧室等。

1998 年 6 月 25 日

上午安排去胡志明市社会科学院访问，跟他们的研究人员座谈。见到从前曾到我们研究所当访问学者的阮同志，相见之下，分外热情。座谈中他们反映，南北越统一后，到中国去访问的机会多被北方的同志占了，他们南方的同志几乎没有什么机会，希望我们将来能够邀请他们到中国去。中午，该院设宴招待。下午，我们去参观西贡的华人商埠——堤岸区。胡志明市是东南亚最大最长的河流——湄公河的入海处，湄公河的上游是我国云南的澜沧江，流经老挝、泰国、柬埔寨和越南。堤岸就在港口边，果然到处都是华人的商店，有很多汉字招牌。过去华人比现在更多，在黎笋主持下越南反华期间，华人被驱逐，他们的财产被没收，许多华人乘小船到海上，不少人葬身于海底。现在，越南共产党的政策变了，华人又陆续回来，还有新从中国来这里做生意的。商埠显得很繁闹，人流熙来攘往，各种货车也川流不息。

1998 年 6 月 26 日

上午去参观西贡的教堂，这是法国殖民地时代盖的，为红色哥特式建筑。教堂外有个小广场。我们在那里拍照留念。之后，在西贡大街上，随便逛逛。武同志参加过中越的边界战争。因陪我们比较熟了，我问他对这次战争怎么看？他说，就像二哥闹得不像话了，大哥跑来打他一巴掌，扭头就走。我们大家都笑了，因为他的比喻很生动，也很贴切！也许，这反映了越南一般群众对这次战争的看法。我们在武同志的导引下，到一家工艺品商店，我买了一个越南女性的坐像和一头大象，都是用红木雕刻的，带回国内作为此行的纪念吧！

1998 年 6 月 27 日

今天到西贡郊区的丛林中参观越南共产党开展游击战争的根据地。那里挖有许多四通八达的地道，其中还有小会议室、卧室和餐厅。自然，条件相当艰苦，他们就用这种办法，以农村包围城市，终于打赢了这场战争，取得了南北的统一和国家的独立。美国当年派遣十万大军支援南越傀儡打仗，他们拥有各种先进的武器，历时十年，却终于败走。当然，我国对当时的越南战争也有很大的支持。这实际上也是朝鲜战争之后的中美两国的又一次较量。美国的败走麦城，既说明一个谋求独立的英勇的民族是不可战胜的，也说明取决战争胜负的不是武器，而是人民。

1998 年 6 月 28 日

上午，我为胡志明市社会科学院做了一场学术报告。下午离开胡志明市，飞返北京。此行最大的观感是，中越两国两党之间确实存在源远流长的友谊，越南同志在许多场合总是口口声声说，非常感谢中国同志对他们独立战争的全力支持和帮助。现在越南的改革开放和新的经济政策，也完全学中国。他们在农村搞包产到户，三年内使大米大量出口。他们也引进外资，搞开发区和民营企业。他们还翻译出版了《邓小平文选》，除了邓小平同志谈中越边界战争的那篇文章外，全文照译。当然，如何维护中越两国的长久友谊，仍然需要后人继续的努力！

一访美国

　　应旧金山美华文学协会会长黄运基的邀请，我与文学研究所副所长董乃斌今日去美国访问。上午八时，研究所司机把我们送到机场，办理了出关手续，即登机飞行。从北京到旧金山要飞十二个小时，飞机从阿拉斯加沿太平洋岸向东南飞行，因是迎向太阳而飞，等于为我们找回来一天的时间。到达旧金山仍是十月八日。飞机掠过金山湾，不久就降落在机场。我们出关即看到黄先生亲自来接。他访问过北京多次，我曾招待过他，算是老朋友了。他领我们把行李装上车的后备箱，即驾车载着我们向市区驰去。

　　到达市区，他把我们安排在布什街与唐人街交接路口的一家小旅馆住下。两人同一个房间，因为，这次访美的全部费用都由黄先生负担，所以必须省俭。旅馆旁边的唐人街口立有一座中华牌楼，上有孙中山的题字"博爱"。天色已晚，街灯初上。我们稍事休憩，黄先生即载我们去街上一家中华料理用晚餐。然后，送我们回旅馆。

　　黄先生原籍广东斗门，六岁随父亲来美国。几十年拼搏奋斗，成为旧金山华人文化界有影响的领袖人物。曾办过文化报，后又创办《美华文学》杂志，并为《人民日报》海外版在旧金山印行出力甚多。每年他为旧金山市政府翻译一本介绍市议员候选人的册子，政府给他十万美元的报酬。他就用这笔款，每年从国内请两位文化人或作家来美国访问。他的用心可谓非常难得！

1998 年 10 月 9 日

上午黄先生驾车来，安排我们去参观渔人码头。所谓渔人码头已无渔人，原来已发展为水上的百货商场。以木头和木板搭成的栈桥和街道，两旁都是各种各样的商店，既卖衣服，也卖各种食品和饰物。栈桥从岸边伸向海里，可以看到停泊的轮船，以及金山湾中的岛屿。

我们回到岸边，又登上一个山冈，上面有炮台，黄先生指着金山湾的一个岛屿说，那就是圣诞岛，从前是囚禁华人的地方。那时，华人来到旧金山，都要先经过圣诞岛的监狱囚禁和审查，然后被认为没有问题，才允许进入市区。现在，这个规定已经废止，但岛上的监狱仍在，可以供游人参观。中午，黄先生请我们到一家高级的中华料理用餐，他说这是旧金山最好的一家华人开的餐馆。果然，顾客盈门，装修得十分豪华。黄先生点了许多菜招待我们。

当晚，就去参加他主持召开的美华华文文学研讨会。黄先生先致辞，然后请我讲话，并互赠礼物。参加研讨会的有二十多人，有世界日报记者，其他多是华人文学爱好者和写作者。有刘荒田、李硕儒和招思虹女士、王性初先生等。研讨会开了一个多小时就结束。

1998 年 10 月 10 日

招思虹女士来领我们去参观唐人街。她送给我们一卷金山报。上面登有她写的金山人专访。这种方式很好！可以把旧金山华人的各种际遇和奋斗历史都写进去，为后人留下口述的具有文学意味的历史性资料。其实，唐人街就在我们住的旅馆旁边。但占地很大，有好几条街道，向东可达意大利人的街区。据说，现在华人增多，意大利人社区多被华人租用而节节后退。招思虹女士对唐人街非常熟悉，许多店铺的老板都认识她。她说，旧金山唐人街有四十万华人，在这里会说广东话，就不必说英语。唐人街过去比较亲台湾，现在亲祖国大陆的越来越多。但国庆节都挂旗，10月1日挂五星红旗，10月10日挂青天白日满地红的民国国旗。她领我们到一家华侨总会，是亲台湾的，上楼一看，果然满屋子都挂着民国国旗，还有国民党的党旗。

旧金山属丘陵地带，所以马路也起伏不平。我们走到美华文学协会秘书长开的服装店，她热情招呼我们参观她的店铺。说这里本是意大利人的地盘，现在还有一个意大利设计师受雇她的店里工作。她来自广东戏剧家协会，因与丈夫离婚，带着孩子就来旧金山谋生，现在孩子都读大学了。她一定要送我们一人一条领带，还说晚上她做东，要请我们到五星级酒店吃自助餐。

果然，晚上她请了共10个人，带我们到一座山岗上的高层建筑——五星级宾馆的顶楼吃自助餐。顶楼餐厅顾客很多，多数是美国人。他们吃起自助餐很恐怖，每人都能吃好几盘，特别是煎牛排，能吃好几块。怪不得美国人几乎多数都身高体胖。我们在临窗的桌边围坐，窗外可以眺览旧金山的夜景，但见眼底灯光闪烁，楼影幢幢。主人给我端一盘食物，我喝了杯啤酒，食物却没能吃完。作陪的有黄先生夫妇、王性初、招思虹、李硕儒、刘荒田等，刘荒田就在这家宾馆做楼层经理。一顿自助餐，花了主人400美元，折合人民币3000多元，实在够贵的。不过，美国人工资比我们高好多倍，消费高也很必然。这家宾馆，刘荒田说，克林顿总统来旧金山曾住过，确实相当豪华！

1998 年 10 月 11 日

今天，黄先生驾车来带我们到斯坦福大学去参观。这个大学在金山湾的硅谷一带，开车要一个多小时。进校但见满是树林，好久才见到校舍。在美国西部，这是所著名的大学。几年前，冯牧就曾介绍刘亚洲来这所大学当访问学者。克林顿的国务卿赖斯就是这所大学的。我们在校园里随便逛逛，拍了一些照片，就开车到太平洋海岸，把车停在沙滩边，步行到沙滩去看海。但见滚滚海浪一排排从远处向岸边推来，还有冲浪的健儿在浪尖上跨着踏板驰行。可惜，今天是阴天，否则海水会碧蓝得多！我们在海滩漫步片刻，就上车踏上回程。可是不久，黄先生的车突然熄火抛锚了。幸亏美国的服务行业比较成熟。黄先生打了电话，十分钟就有负责检车的人开车来到，几分钟功夫，就把车修好了。他送我们回到旅馆，说晚上刘荒田要请我们吃饭。

回到旅馆不久，刘荒田便驾车来接我们。不一会儿就到了他家。他住的是美国比较典型的住屋，前面是客厅、餐厅，后面是居室、厨房和花园。刘荒田说他是广东清远人，到旧金山已二十多年了。他在饭店厨房里洗过盘子，打拼多年，才当上宾馆的楼层经理。他喜欢写作，是旧金山华文作家协会的副会长，现在他把父母和兄弟都弄到旧金山来了。今天晚上，我们就跟他们一家人共餐，很有家庭的亲切气氛。

1998 年 10 月 12 日

在旅馆，董乃斌与科罗拉多大学的刘再复通电话，让我也说几句。刘再复自从 1989 年出国后先经香港到法国，后到美国芝加哥大学李欧梵教授处，再到科罗拉多大学做研究工作，现在与妻子和两个女儿都在那里。多年不通音讯，一时我也不知说什么好。他邀请我们去科罗拉多州的首府丹佛看看，可是我们的行程早安排定了，无法到丹佛去，只好婉言辞谢，并希望他多写些散文。今天，我外甥锋青从硅谷开车来，中午请我们到街上吃便饭。他在硅谷的一家台湾人办的公司工作。晚上十一时，我与董乃斌上街散步，街上行人很少，显得格外空阔而寂寥。走着走着，在一家银行门洞下，看见有个人蜷缩在地上，身上盖着报纸，我细看是个黑人，显然因无家可居而流落街头，心中不禁凄然！再往前走，又看到一个黑人妇女，背一只大口袋，正从垃圾箱里翻垃圾，见到可取的东西就往口袋里装。自然，这也是个穷人！美国富甲全球，却仍然贫富悬殊，这不能不是人类的悲哀！

1998 年 10 月 13 日

今天我们决定自己步行去逛旧金山。我们先从唐人街出发，沿着起伏的马路向海滨的森林公园走去。公园极大，进得门去，要走十公里才到达海边。走了一半路程，天已中午，只好在公园里买"热狗"当午餐。所谓"热狗"就是两片面包夹着一根烤肉肠，要花八美元，折合人民币是七十元左右，真是贵得离谱！在中国国内，这样的食品，顶多卖十元。这个公园，到处都是树木，有高大的乔木，也有热带的树木，绿草如茵，视野开阔，空气非常好！园中有不少建筑，因时间不够，我们没有进去详细参观。我们一直走到海边，才回头。这一天，就在这所公园里走啊走的，疲乏不堪！好不容易才出了园，赶紧找公共汽车又换电车回宾馆。旧金山仍然保存有轨电车，跑起来叮当叮当响。我们坐到唐人街，下来吃了晚饭才回旅馆。

1998 年 10 月 14 日

今天应邀去李硕儒家做客。李家要经过加利福尼亚大学伯克莱分校，离旧金山相当远。李硕儒原是青年出版社的文学编辑，1996 年我在北京召开世界华文文学国际研讨会时，黄运基先生来参加会议，我就介绍他与黄先生认识。因那时他想去旧金山与妻子相会，并不认识华人文学界的人。他到旧金山后，黄先生就约请他参加编辑《美华文学》杂志，他也开始学习英文。他妻子和孩子早数年就来美国，定居旧金山不再回国，长期两地分居不是办法，他在北京坚持了多年，最后还是决心到美国来。他的住宅是他妻子花十六万美金购买的。是数间平房，建在郊区的树林中，后面有一个私人花园，面对花园建有一个木板铺就的大阳台，上面放有桌子、椅子，宾客可以围坐着聊天。他的夫人很热情接待我们，请我们在家吃了一顿午饭，大多是家乡菜。我们聊到下午才告辞，顺路到伯克莱分校看了看，回到旅馆已是夜色阑珊了。

1998 年 10 月 15 日

今天去访问旧金山大学，在学校附近也走了不少路。旧金山大学就在市区的一座山岗上，似乎不很大，见到许多美国大学生，男男女女，勾肩搭背，背着书包，说说笑笑。他们白人居多，也有黑人，样子都很健康快乐！后来我们也到了路边的一所图书馆，然后又一路走回旅馆。途中经过著名的五月花街道，也就是从山坡上修着弯弯曲曲的道路，汽车要拐来拐去才能通过，这是旧金山有名的一景。晚上，黄先生来接我们到他家聚会，他请了好些客人陪我们，算是为我们饯行，因为明天我们就要飞往美国东海岸去访问东部地区了。

出席今晚聚会的有来自国内北京大学的潘兆明老师夫妇和李硕儒夫妇，还有两位从国内来、在这里教跳舞的女士，锋青外甥也参加了聚会。大家一边喝着酒，吃着自助餐，一边聊天。黄先生客厅的窗子对着太平洋，黄昏时分可以看到一轮落日冉冉沉下大海去。景色很美！又给人以"夕阳无限好，只是近黄昏"的感慨！

晚九时，大家尽欢而散。告辞主人和别的客人，锋青外甥开车送我们回旅馆。

1998 年 10 月 16 日

今天起，黄先生就安排我们随旅行团前往美国东部。上午导游来领我们上车去飞机场。从旧金山飞纽约，横越北美大陆，从西海岸到东海岸，需要六个小时，加上在机场候机，到了天色渐暗，我们才到达纽约机场，下飞机后，被安排在机场宾馆过夜。由于很疲乏，我们吃过晚饭，洗漱毕，就赶紧睡觉。

1998 年 10 月 17 日

晨起，五时许，即登车从机场宾馆去纽约。我们第一站到华尔街参观。没有想到华尔街竟是条狭长的小街道，但它却是美国的金融中心，集中了美国的许多银行。出了华尔街，看到路旁有艺人在表演歌唱，一手弹着吉他，放声唱着什么歌。行人有围观的，也有匆匆走过的。我们略一停留，导游就催我们快走。因为下一站是去观览国贸大厦，它是纽约的最高建筑，有 100 多层，是并立的两座大楼构成，号称双子星座。到达大厦前的广场，可以见到停着许多小汽车。我们进入大厦，即乘高速电梯直上屋顶平台。那里，天高风急，疾风吹得我们头发都竖起来乱舞，站在栏杆边眺望，整个纽约全在眼底，不但密如春笋般的高楼历历在目，即如纽约港湾中的自由女神像也清晰可见！国贸大厦是纽约的标志性建筑，也是美国建筑的骄傲，它确实显得很现代很高！从楼顶下来，又乘电梯降到地面，接着就到码头乘船去瞻仰自由女神像。

　　船行海湾中，波浪不大，很是平稳，海面还有些雾，似白纱般飘过。女神像在一个小岛上。我们登临这个小岛，抬头才见自由女神像实在显得很高大。据导游说，可以从她的底座乘电梯直达她的眼眶部位，从那里眺望，但需要耐心排长队。我们不想排队，所以只沿着岛岸随便漫步游览。岛上有绿树和草地，像个幽静的公园。不远处还有一座岛，据说那是过去欧洲人移民美国，进到纽约必须先登临的所在。只有经过那里审查后，被批准了才可以进入纽约。从岛上登船回纽约，我们站在船头甲板上，倚栏远望高楼林立的纽约，两座银色的国贸大厦如鹤立鸡群，显得特别高。导游领我们到街上吃了午饭，又让我们登车去参观联合国大厦。大厦正如电视中所经常播放的那样，是座火柴盒式建筑。不过旁边有个不小的广场，上面耸立许多雕塑，都是各国选送的。我们在广场上盘桓和拍照，不能进入大厦里面，所以很快就离开了。下一站是去参观洛克菲勒大厦。那是个多座楼群，据说是石油大王洛克菲勒家族所建，总有七八座大楼聚在一起，有办公楼，有商场，大楼围成的院子很大，有很多咖啡座，许多美国人和各国的游人都坐在院子中休闲。我们也找个座位坐下了休息，因为，大家实在都走得很累了。按计划，我们在纽约只玩一天，所以，导游又催我们去看曼哈顿的中央公园和时代广场。园里有许多大树，是纽约人休闲和锻炼的好去处，我们去时还看到不少美国人在园里跑步。所谓时代广场，其实不是广场，而是一个丁字街口。每年新年，这里将升起一个灯球，许多人群聚这里庆祝节日，遇有游行示威的人流也必须经过这里，所以，时代广场就显得很著名。

　　晚，回到机场宾馆。

1998 年 10 月 18 日

晨起，吃了早餐即登车去华盛顿。到达后，先去参观方尖碑，林肯纪念堂和朝鲜战争、越南战争的纪念场地。方尖碑算是华盛顿的最高建筑，如一方形大柱直插云天。导游说是为美国独立而建。林肯纪念堂为白色建筑，庄严而肃穆，内有林肯坐像，目光炯炯。林肯总统因解放黑奴而被刺，他对美国进步的历史性功绩，自然难被后人忘却。朝鲜战争纪念场地塑有三十八个美国士兵的形象，个个显得丢盔卸甲的狼狈样子，在朝鲜的稻田中跋涉前进，似乎象征战争的艰难和未曾取得胜利。应该说，这是个独具匠心、极具特色的纪念场地。而越南战争的纪念场地则建有美国兵的英雄凯旋式塑像，这自然表明对越南战争并不认输的心态。

之后，我们又乘车去白宫和国会大厦，但白宫不能进去，只在围栏外转了一圈。国会大厦也是白色建筑，有高耸的圆顶，沿台阶而上，进入大门，可以游览门厅和议事厅，都不很大，除了有些彩色壁画，总体显得比较朴素。出了国会大厦，又去看航空博物馆，里面展览许多不同年代的飞机，包括早期莱特兄弟刚发明的飞机，还展览有火箭和美国人登上月球的照片等。因为时间不够，没有能够参观得仔细。晚餐后，到旅馆住下，导游叮嘱，晚上不要上街逛，特别是不要去黑人社区，因为那里很不安全。华盛顿没有高楼大厦，大多是三四层、五六层的房子，而且大多是白色建筑，但显得庄严大方。街上行人不多，不像纽约那么熙熙攘攘，公务员上班期间，更见沉静。方尖碑一带有草地、河流和树林，尤显得开阔和环境的优美！

1998 年 10 月 19 日

晨起，导游宣布今天的旅程是去费城、巴尔的摩和大西洋城。费城是美国宣布独立时的临时首都。我们乘大巴车到达时，远远看到城市中心有几栋高楼，进入市区后，反而看不到了。我们先参观自由钟和华盛顿签署独立宣言的房子。所谓自由钟，其实就是一个铜铸的大钟，跟中国寺庙里的铜钟外貌相似。现在被安放在一座房子里供人参观。华盛顿签署宣言的房子是座楼房。我们没有进入，只在外面看了看。街上行人稀少，特别洁净。有旧式马车可供游人雇用，车夫穿着十八世纪的号服。我在马车旁与车夫一起照了张照片。

巴尔的摩是座港口城市，也不大，码头边停有一艘废弃的潜水艇，听说是过去立过战功的，停在这里，供人瞻仰。我们去参观了一座图书馆，并在街上随便漫步。然后，导游就安排我们用午餐。

下午就登车去大西洋城，到达时天色已晚，华灯初上。我们住进旅馆后，用了晚餐，我与董乃斌便一起上街溜达。街上也是行人很少，经过一家旅馆门前，看到有四只白马的塑像，栩栩如生。走了两条街便来到海边的木板栈道。栈道有路灯，很宽，架设在海岸，底下就有海水。我们沿着栈道漫步，左边是灯火阑珊的城市，右边就是大西洋的苍茫海水，听得见哗哗的浪涛声。我们都是第一次见到大西洋，不免久久倚栏眺望了一番，可惜是夜晚，更远处便看不清楚。

大西洋城是美国东部著名的赌城，虽然没有西部的拉斯维加斯那么繁华，但也吸引许多赌客。我们又不赌，到这里实在没有多大意思。其实可以选择更好的城市。可是，导游这样安排，我们也没有办法。

1998 年 10 月 20 日

早起用餐后就乘大巴车去水牛城游览尼亚加拉大瀑布。水牛城离大西洋城比较远，我们的车沿着高速公路穿越美国的东北部，时而见到城市，时而见到乡村，沿途有许多枫树，枫叶如丹，在其他黄叶树中一片殷红，太阳一照，如火焰燃烧一般，酷似一幅幅色彩斑斓的油画。

黄昏时分到达水牛城，这是个小小的幽静的城市，甚至显得十分萧条。我们在一家旅馆住下后，夜晚我们即到尼亚加拉瀑布旁边悬崖上的观瀑台去看夜晚的瀑布景色。先要乘电梯才能到达崖顶，那里有灯光照射到瀑布上，随着灯光色彩的变化，瀑布也呈现五颜六色。这是自然界的一大奇观！我们站在悬崖上，仍然感受到瀑布的水雾随风飘来，湿漉漉的如细雨降落在身上、脸上。秋末的夜晚，很有凉意，我们只好回到旅馆。

1998 年 10 月 21 日

上午，导游安排我们乘船游览瀑布。坐的是艘小轮船，给每位游客发一件蓝色塑料雨衣，让我们裹在身上，连头发裹住。轮船从下游开向瀑布前，瀑布的壮观全部展现在我们的头顶。原来一共有三个瀑布，构成了长达千米的瀑布群。轮船驶近瀑布，但见雨雾如幔，感到丝丝雨点扑到脸上，所有的游客都昂首张大惊讶的嘴。我真有"黄河之水天上来"的感觉，那雪白的瀑布流，滚滚不绝地从半空落下，冲进深潭，卷起巨浪狂涛，轮船也颠簸不已！瀑布连着美国和加拿大，东岸是加拿大，西岸是美国，中间有座铁桥在下游把两岸连在一起。不过，游客不可以随便从桥上通行，除非你拥有美国和加拿大的护照。比较之下，可以看到加拿大方面盖起许多新楼、高楼；而美国方面却多是平房和旧建筑。导游说，因为水牛城的居民喜欢安静，不喜欢更多的游客来打搅他们平静的生活，拒绝盖新建筑。这样，显得萧条就必然了。

尼亚加拉瀑布的上游是北美著名的五大湖中的安利略湖，湖中有许多小岛，湖水潋滟，水流很平静。从水牛城可以去湖中的小岛玩，但我们要赶到克利夫兰转飞洛杉矶，只好又踏上大巴车向克利夫兰驰去。飞机横越美国大地，可以看到平原上的辽阔田野、农场孤独的房舍，可以看到密西西比河从北向南蜿蜒流去，可以看到洛基山脉的层层峰峦崛起于美国西部，飞过洛基山，就可以看到太平洋岸。飞机缓缓降落，巨大的洛杉矶城就展现在我们的机翼下。

离开机场，导游把我们安排到市区的一家华人开的不大的旅馆住下。这是两层楼的有长廊的建筑，院子里有个小的碧色游泳池。

1998 年 10 月 22 日

今天的行程是参观好莱坞电影城。早饭后，我们便乘车向好莱坞进发。那里离市区有一段路，靠着山区，远远就看到山上镶有好莱坞的字样。我们在好莱坞市区停下，先参观一家电影院，它的门前人行道上和院子里，每一块地砖上都有好莱坞明星的手印和脚印，还有他们的签名。影院不大，却被称为中国戏院。大家略作盘桓就乘车去电影城。

城外广场上有一硕大的地球仪，建在喷泉中间。导游购完入场券后，发给我们一人一张，嘱咐我们进去后可以按券上标明的景点挨个去参观游览。影城本来是为拍电影而建设的，占地很大，从山上沿着山坡一直建到山下，有建筑无数。我们先去看海盗劫船，又看鬼屋，太空影院，然后再去看旧金山大地震的模拟景观和发洪水的景观，中间吃了顿午饭，接着参观模拟金字塔内部结构的景观，还有模拟建造的十八世纪的建筑和拍西部牛仔电影的场景。个个景点都可以看出美国人的创意，为我们见所未见。游人很多，上下自动电梯肩摩踵接，大多还是美国人自己，可能也是美国各地来旅游的。到下午三时多，我们也走累了，才出城来，又乘车回到旅馆。

1998 年 10 月 23 日

这一天，我们参观迪斯尼乐园。这也是建在郊区的游乐园，充满了童话的色彩。进园就能见到人扮的米老鼠和唐老鸭，还有大狗熊之类的动物扮相，他们可以当导游，也可以跟游人一起拍照。园内也有电影院可以看三维的立体电影，又可以坐船游览热带风光，见到恐龙，进入山洞，如何跟水流一起从山坡冲落到几十米深的水渠中，非常刺激！还有的屋子建得歪歪斜斜，里边有白雪公主等童话人物，还可以坐环游小火车，绕行一周，把全园的各种景致都看一遍，包括高塔、雪峰等。总之，琳琅满目，叫人目不暇接。园里有街道，有商店，有餐馆，在里面足足可以玩一整天，体验许多你从未体验过的境遇。比如在鬼屋的黑暗中被引导前行，忽然电光一闪，就有个鬼形人伸手摸你的脖子，能吓得让你惊叫起来。

1998 年 10 月 24 日

早起，用过旅馆提供的馒头、稀饭，就上车前往科罗拉多州，去参观科罗拉多大峡谷。沿途多是沙漠，景色与我国西北的沙漠不同，不时出现丘陵，呈红色，沙丘上长有草丛。后来车开到一条河边停下来，让我们参观叫伦敦桥的景点。果然，河上建有一座多孔拱桥。导游说，这是美国人花 200 万美元向英国买来的，这座桥本来在伦敦，美国人把它拆下来，将材料全部运回美国，在这条河上照原样重建起来。现在，成为一个游览的景点。这条河就是科罗拉多河的一部分。我们下车来，沿着河岸的道路登上桥头，可以见到河两岸是个小镇，盖有许多参差错落的房子，河水清亮，与树木和淡雅的房舍相映，色彩很和谐。大家在桥头拍了些照片，深感美国人自己没有悠久的历史，只好去借用别国的建筑来造一个有历史意味的名胜！这也算是他们的一种创意吧！

到达科罗拉多大峡谷已是下午三时，天色不好，还下起雨来。在雨雾中，根本看不清大峡谷，使我们大为丧气！大家在旅馆的大厅里，还感到瑟瑟的寒意！后来，导游建议说，有个纪录片可以看，是一位工程师花了三年的时间拍下来的，包括大峡谷的各种景色，很值得一看。不过，需要自己掏钱，每张票7美元。我们都愿意看，就让导游去购票。果然，这个电影非常好。它不但用直升机沿着河谷上空拍，还坐着竹筏从河上漂流着来拍，使整个大峡谷的景观就立体地呈现于我们面前，实在壮观得震撼人心！这个峡谷是美国的另一奇观，也是世界上少有的奇观！峡谷两岸峰峦屹立，几乎没有什么树木的绿色，两岸相距很远，科罗拉多河从谷底穿行而过。从山头下眺，到处是悬崖峭壁，全部呈赭红色。看完电影我们又登车，赶去沙漠中的著名赌城拉斯维加斯。

三小时路程，到达时已是晚上，入住一家颇豪华的酒店，大楼的一层全是赌场，摆满了弹子机。有许多美国人在赌，且多是老年人，头发斑白的老头、老太太。导游说，这些退休的老人没有事干，就以赌博为消遣，搞不定还能赢点钱。

1998 年 10 月 25 日

拉斯维加斯是美国盖在沙漠中的一座旅游城市。靠胡佛大坝把科罗拉多河的河水拦住，形成一个水库，这样就能供应拉斯维加斯淡水，城市由此得以在沙漠中间繁荣起来。城里有许多新的建筑，特别是有许多豪华新颖的宾馆兼赌场。拉斯维加斯的夜景特别美丽壮观，华灯初上，满街霓虹灯光五颜六色都闪亮起来，灿烂辉煌胜于白日。我们沿街步行，可以见到道旁的种种文艺演出，有表演火山的，表演海盗的，表演跳舞的，还有水幕音乐等等。我们决定购票去一家剧院看一场歌舞演出。有些舞蹈近乎裸体，女演员穿得极少，露着大腿和屁股，自然，这也代表美国的一种文化。据说，拉斯维加斯还有全裸体的表演，妓院之多更不用说。资本主义文化的腐朽面，在这里成为特色。由于明日就要回国，从剧院出来就回宾馆就寝。

1998 年 10 月 26 日

从拉斯维加斯乘车回洛杉矶，途经胡佛大坝，停下参观片刻。大坝是马蹄形建筑，自然与我国的三峡大坝无法比，但在三十年代就算是很宏伟的工程了。参观毕，我们又登车，穿过沙漠地带，直接开到机场，排队办理了乘机手续，就登机飞返北京，航行共十三小时。文学所司机小李开车来机场接。此次访美的行程就全部结束了。

瑞典闻见

1998 年 11 月 11 日

应瑞典斯德哥尔摩大学的邀请，我率领中国社会科学院文学代表团访问瑞典。代表团成员有文学所原副所长王善忠研究员、科研处长严平，还有院外事局派的翻译郭女士。上午九时我们从首都机场登机，飞行十小时左右才到达斯德哥尔摩。大学中文系一位女老师到机场迎接，并开车把我们送到该市郊区的旅馆住下。

1998 年 11 月 12 日

上午我们乘地铁到达斯德哥尔摩大学，该校中文系主任罗思定还和几位教授会见我们，并举行座谈。其中有位陈老师是从北京来的。他介绍自己毕业于北京戏剧学院，到此已多年，现在在斯大教书并帮助北岛编辑《今天》。《今天》本来是北岛等在北京编辑的文学刊物，最初以墙报的方式张贴，成为"朦胧诗"派的摇篮，后移到美国出版，我还不知道又从美国移到斯德哥尔摩来。交谈中，我提出想会见诺贝尔文学奖的评委、瑞典皇家学院院士马悦然先生。系主任说，他是自己的老师，现在不在斯德哥尔摩，而在瑞典外地的一个城市。他答应帮我跟马悦然先生联系。1986 年，王蒙任国家文化部部长时曾在上海举办中国当代文学国际研讨会，邀请过马悦然，当时我也参加这个会，与马悦然同一小组讨论。我知道他在中国抗日战争期间任瑞典驻华使馆的文化参赞，还与一位四川姑娘结婚，他是著名汉学家高本汉之后的第二代瑞典著名的汉学家。

1998 年 11 月 13 日

上午去参观瑞典王宫。据说，现今的瑞典国王相当平民化，出行时甚至很少用车驾，即豪华的皇家马车。他的王宫也开放很多宫殿供民众和游人参观。我们先到达王宫前面的广场，在那里拍了些照片，然后才进入王宫，挨次参观了其中的许多宫殿和房间。它的豪华程度跟我过去参观的普鲁士国王在波茨坦的王宫差不多。由于是西式建筑，当然比中国皇帝的皇宫要舒适许多，尽管宫殿中陈列的宝物并不多。我们见到墙上挂的国王和王后的画像，却没有能够有机会见到他们本人。他们住在王宫不曾开放的部分。

下午又到港口去游览一个码头，那里停有一艘木制的十八世纪帆船，码头边还有一座要塞，陈列有一些铸造的大炮。据介绍，瑞典人曾在此打败过丹麦人的入侵。然后又去参观颁发诺贝尔奖的金色大厅。那似乎是座两层楼的建筑。第一层比较一般，可以演奏音乐，摆有钢琴之类，也可以举行宴会；第二层才是金色大厅，所有墙壁和天花板、拱顶，都是涂一层金色，显得辉煌异常！每一届诺贝尔奖的颁奖仪式都在这个大厅举行。瑞典国王和王后会来亲自颁奖。离开大厅后，我们又到附近去参观一座教堂，但没有给我留下什么深刻的特别的印象。

之后我们就回旅馆的餐厅用晚饭，用的是西餐，可以自己点菜，它的土豆泥做得相当好吃。

1998 年 11 月 14 日

晨起，跟代表团成员在旅馆附近的林间散步，那里还有一个小湖，水色潋滟，给林间园地增添了几分韵致。曾到飞机场迎接我们的女教师今天穿一件红色呢大衣来邀我们去参观斯德哥尔摩大学校区，实际上是穿过校区到她所在的教研室。我们在那里跟她座谈了一会儿。她的瑞典名字，我没有记住，为简单起见，我唤她叫罗林娜。这是个中年女性，会讲不很流利的汉语，现在是讲师。她曾到过中国。由于离婚，自己带着三个孩子，其中有个女孩，是她从中国江西领养来的。我听后，不觉肃然起敬！因为，这是个伟大的母亲！可以设想，一个女人，收入又不顶高，养育三个孩子，多么不易！

下午，我们又应邀去一家跨国婚姻的家庭做客，罗林娜驾车把我们送去。这家女主人是从中国来的，男主人是捷克人，他们结婚后就到瑞典来工作。家在郊区，是座木结构的平房，有个不小的饭厅兼客厅，还有个室内狭长的游泳池。男主人介绍说，他跟他的孩子就在这里游泳。女主人很热情，领我们参观完他们的宅子后，立即动手做饭，不多时便摆出了一桌丰盛的菜肴，是中西合璧的。我们喝着葡萄酒和啤酒，高兴地边吃边交谈。谈起了瑞典的社会福利制度，他们认为很好。大约二百多年来，瑞典都没有战争，第一、第二次世界大战，都没有参加。并且由于社会民主党长期执政，推行高福利制度，失业者有失业补贴，不用工作，也可以生活得不错；残疾人，规定政府要给他雇佣保姆照料，地铁里，还为残疾人设计了专用的升降式电梯。当地人把自己的国家称作"穷人的天堂，富人的地狱"。因为，政府开征累进所得税，越富的人每月所交的税就越高。也可以说，这是一种"劫富济贫"的制度。所以，瑞典的富人往往把资金转移到国外去，宁愿去移民。我记得，有一年，联合国的经济蓝皮书曾把工党执政的英国、社会民主党执政的法国、德国和瑞典都列为"社会主义经济体"，其原因就因为它们的高福利制度。人人都有社会保险，从小到老都有社会保障，难怪这家夫妇从异国跑到瑞典来工作了。饭后，我们还品尝了咖啡，我们一再表示感谢主人的招待，才告辞回旅馆。

1998 年 11 月 15 日

今天，通知我们到斯德哥尔摩大学中文系，因为马悦然先生已从外地赶回来，上午约好跟我们会面。我们到达时，马先生已经先到了。他今年已七十五高龄，但面色红润，精神矍铄。在系主任陪同下，他很热情地接待了我们，一起座谈了差不多三个小时。我向他推荐了我国最近值得关注的一些作品，如陈忠实的《白鹿原》。但他没有读过，他认为山西作家李锐写的长篇小说《旧址》不错，他正在翻译。他还认为高行健的剧本写得好，在《今天》上发表过好几个剧本。当时，负责编辑《今天》的陈老师就找了几本刊物送给我。可是，我没有时间细读。会谈后，我们还一起照相留念。

下午，我们去会见该校日语系的主任。她是矮胖的日本女人，嫁给了瑞典人，现在也是诺贝尔文学奖的评委。她不懂中文。我们只好通过翻译，以英文交谈。之后，她还热情地请我们在学校餐厅吃晚饭。

从学校乘地铁回旅馆，最后要通过一段地下通道，地洞很安静，而且刷得雪白的墙壁上还画有各种美观的图案。我们在那里拍了几张照片。

1998 年 11 月 16 日

今天我们离开斯德哥尔摩，乘车前往瑞典的古都。沿途可以见到田野和森林、湖泊，景色十分秀丽。瑞典只有八百万人口，农业不太发达，据说农产品多由法国等地进口。古都是个小城，旧王宫仍然被保存，但规模小得多。王宫前的花园却修葺得很美观而齐整。我们先访问了该市的大学，与美学研究所所长进行了座谈。他介绍说，这是欧洲唯一的美学研究所，可能也是全世界唯一的研究所，编辑和出版有美学刊物。之后，他又热情地导引我们去参观一座大教堂。他说，这座教堂大厅的地下埋有五千瑞典历代王公贵族和名人的尸骸。乍一听，十分瘆人！进入教堂的大厅，果然石地板上都刻有死者的名字。这实在是只有欧洲才有的安葬方式。德国的科隆大教堂的地下室里甚至还摆有普鲁士皇帝的棺材。但把这么多人的尸骸埋在一个教堂的地下，却可能是瑞典的创举！当天下午，我们就乘车返回斯德哥尔摩。

1998 年 11 月 17 日

从斯德哥尔摩飞返北京。飞机好像是越过北极飞行，这应该是最短的航线。天亮不久，我们在飞机上都睡了一觉，张开眼一看窗外，飞机已过了蒙古沙漠，进入了中国国境。很快，北京就到了。

初见台湾

　　晨自京出发，小李驾车送我到机场，与全团汇合。此次中国评论家代表团共十人，由我任团长，饶芃子教授任副团长，团员有王先霈、王臻中、曾镇南、陆贵山、何镇邦、吴秉杰、阎延文、李锦祺等。七时五十分飞机起飞，十一时降落香港机场，驱车经大青山和九龙到达湾仔区中华旅行社办理赴台签证手续。手续非常烦琐，办的人又多，挤得满满一厅人，真是很不方便！好不容易总算办完了，个个一头大汗！之后，到附近的餐馆吃午餐。餐毕，大家就乘车到香港会展中心参观和照相，再登车穿过市区和海底隧道，沿着高速公路，驶过雄伟的跨度很长的青马大桥，回到机场。因为时间还早，又无处可去，大家便一起来到咖啡厅喝咖啡。一直到晚七时才重又起飞，飞机一起飞就是茫茫大海，夜空下什么也看不见，九时抵台北桃园机场。我是福建人，与台湾真正是一水之隔。如果直航，轮船一个夜晚，飞机二十分钟，就能到达。可是五十年来，我这是第一次跨越海峡。内心真是感慨万千！

　　从机场办完手续出来，中华文艺协会会长绿蒂先生等已来迎接。大家旋登车，自机场至台北市区三十五公里。沿路灯火阑珊，又看不清市容。夜宿台北市区的富都大酒店。

　　绿蒂先生告知，此次台风袭台湾，台北大水淹了地下铁道，许多人家也被淹，损失很大。街面夜间的冷落，与此有关。

2001 年 9 月 19 日

早餐后，绿蒂先生驱车来，按行程表领我们去台北故宫博物院参观，九时半到达。博物院傍山而建，建筑格局自不如北京故宫。但仍然体现出民族风格，黄色琉璃屋顶，但墙为青灰色。该院负责人出来表示欢迎。可惜时间太短，无暇细看，只及参观陶瓷陈列馆。义务讲解员姜先生原是医生，对历代陶瓷有精湛的研究，对钧窑、汝窑、宣窑等不同年代作品的解释甚详。他的热情解说给我留下很深的印象。聘用义务解说员的做法也很好。

中午，台湾著名作家陈映真先生夫妇设宴款待，有尉天聪先生、齐邦媛女士等二十人出席表示欢迎，宾主洽谈甚欢。同席有位刘姓作家说他在此次台北水灾中电脑厂的精密仪器被淹，损失上亿元台币。他表示，幸亏在大陆东莞他还有一座工厂，台湾的损失，可以从大陆赚回来。真是"堤外损失堤内补"！可见两岸经济今天依赖之深！

陈映真先生是台湾的左派，他请的朋友也多是统派。我与陈先生早就相识。因他来过大陆多次。他曾说他太太的母亲是福建福鼎人，是我的闽东小同乡。所以彼此相见十分亲切。这次请了这么多朋友，共是三桌，他真是破费了！叫我心里很不安。但高朋满座，且多为文友，交谈的气氛非常好！真应该感谢他的安排。

陈先生还告诉我，黄春明先生因在外县，没有能赶过来，嘱他代为向我们致意。其情也殊可感！

二时回旅馆小憩。三时半又驱车到前日占时期的总督府即现在的"总统府"前面的广场参观、照相。这个"总统府"是两层的红砖建筑，并不多么气派！它的门口一条马路的另一端就是国民党的党部大楼。遥遥相对，中间隔着一个四方形的小城楼。这座小城楼似乎是台北的一个标志性建筑，在电视上是经常见到的。"总统府"右侧不远还有一座高楼，大约有几十层，目前是台北最高的大厦了。但高度远不及上海的金茂大厦或深圳的地王大厦。听说台北准备盖一栋更高的大厦。

大家在这条街上略为盘桓，然后又去《联合报》参观和座谈。《联合报》是台湾的重要媒体，它的大楼在这次台风中被水淹了底层，损失也不小。我们到达时有些员工还在一层大厅清扫。该报文艺部主任接待我们，跟大家作了座谈。由于晚间我们还另有活动，所以到五时我们便告辞了。

晚间是由台湾某文教基金会宴请。该基金会张副董事长主持宴会。他坦称该会原属三民主义青年团，是反共的，也叫反共救国团，但现在不反共了，赞成一个中国。原来幼狮出版公司就属于该会。基金会还设有多处写作中心，环境优美。他表示，欢迎大陆文化界人士今后多来，写作中心也可接待。估计这位张先生有六十开外，在国民党里也是相当负责的领导。他的出面当然传达一种信息，表明国民党现在的政治立场和态度已有很大的变化。因为是初次见面，宴会客客气气，双方都不可能有什么深谈。

2001 年 9 月 20 日

上午先驱车去参观国父纪念馆。建筑颇恢宏大气！馆内陈列有孙中山先生的有关文献资料、实物和照片。馆长先生出来接待我们一下，约略介绍了馆藏的情况，就让工作人员领我们参观。我们时间有限，匆匆看了几个展室，最后大家还饶有兴致地观看了纪念堂前卫兵的交接仪式。在孙中山先生塑像前站岗的卫兵几如蜡制的假人一般，凝然肃穆，连眼睛也不动，直到换岗，才跨着正步离开，给人印象十分深刻。

中午先到《文讯》杂志社访问，见到熟人沈谦先生和郑明俐女士。沈先生是台湾空中大学教授，郑女士是著名的散文理论研究家，著有散文理论多卷，此外还有焦桐先生。《文讯》杂志社设在国民党中央委员会大楼内，主人又让我们参观楼内的国民党中央常委会会议大厅和党史陈列室。中午，国民党文宣委员会主任王先生出面宴请我们。他自称曾担任过"台湾行政院"经济部长，是北京人，六岁到台湾。致欢迎词时他说他赞成钱其琛副总理的谈话精神，即海峡两岸都是中国的一部分。他透露，当天下午台湾国民党中央委员会开会将开除李登辉出党。其坦率和热情，颇出我意外。这自然也是国民党的新的政治动向！本来对《文讯》编辑部的访问是属于文学交流的访问，结果却变成了对国民党中央的政治访问，这实在是事先没有料到的。

下午三时出席中华文艺协会组织的座谈会，出席会议的有陈映真、尉天聪、李瑞腾等二十人。台湾大学文学院院长也出席了会议。双方交流了两岸文学发展的一些情况。会后，绿蒂先生以"中华文艺协会"的名义举行宴会招待。

2001 年 9 月 21 日

上午仍在台北参观，经过中正纪念堂，参观了音乐馆和"中央图书馆"。建筑均颇为壮美。

下午登车离开台北，由绿蒂先生陪同，沿高速公路南下，傍晚到达山区某农场之泰雅人山庄。山高林密，环境清幽。空气极好。此为度假山庄，因是淡季，游客不多。山庄房舍全用木头建成，保有古朴的美。是夜即宿于此山庄。听得见窗外林涛喧哗，墙根蟋蟀，鸣声萧萧！

2001 年 9 月 22 日

　　早餐后即束装乘车下山，山路崎岖，盘山而下，中午到达埔里。此为南投县一市镇，两年前地震被毁，现已重建。当天该镇举办酒文化节，彩旗飘飘，锣鼓喧天，人山人海，十分热闹。原来这里产酒，能酿制绍兴黄酒。广场上，街道旁，到处都摆有许多酒坛。我们在此吃午餐，参观了酒业陈列馆和地震灾情陈列馆。我与饶芃子、阎延文在酒坛前摄影留念。

　　下午驱车去台中市。中经一禅寺，为一圆顶式现代化寺院，还设有电梯。因道阻，难以行车，未及参观。台中市相当繁华，但建筑格局均显得小，留有当年日本人建筑的特点。宿立人宾馆。晚驱车去麻豆镇，当地诗人宴请。之后又去陈水扁旧居之某村落，有庙宇，陈家在一深巷，据介绍，其母尚居此。

2001 年 9 月 23 日

　　上午去山中日月潭。这是一个大水库，波光潋滟，湖光山色交互辉映。汽车沿山道到潭边一小镇，步行街中浏览。在一原住民的少数民族茶馆饮茶，与女主人聊天，她们的装束已与汉人无别。她们说曾经去过大陆游览，到过上海和北京。据说陈水扁当天来过这个小镇。在街上还碰见一对身着民族服装、举行婚礼的年轻夫妇，我们便跟他们一起摄影留念。镇上沿水边插有许多日本式的鲤鱼旗，五彩缤纷，迎风飘扬。镇上的许多售卖工艺品的商店多陈列大大小小的木刻的男性阳具，基座竟是烟灰缸，实乃一极具特色的民俗奇观。可能反映了原住民的生殖崇拜。

　　下午离台中去台南市，原拟赴阿里山的行程因雨被取消，怕上山后难以返回。到台南后先游览市容，参观了纪念郑成功的延平郡王府和赤嵌楼，还去了颇具迷信色彩的鲲鯓代天府，实为一神庙。香火很盛，还有做法事的。

2001 年 9 月 24 日

今日一行来到高雄市。高雄为台湾第二大城市。其高楼大厦似多于台北。台湾第一高楼达八十多层，就在高雄。听说大陆华润公司拟收购这座大厦，尚未果。我们住华园大饭店。当晚在长白山饭店与当地作家见面并共进晚餐。诗人余光中夫妇出席，去岁我曾参加华中师范大学为余先生七十岁举行的宴会，数年前他也曾访问过中国社会科学院文学研究所，我接待过他，所以，我们已是老朋友了，相见甚欢。饭后，沿爱河散步。此河穿过市区，风景颇佳，且其名字十分浪漫，夜色阑珊，情侣双双，灯光水影互相映照，更感到饶有诗意。

2001 年 9 月 25 日

代表团一行访问台湾师范大学，与该校文学院四百余师生会面。气氛相当热烈。文学院院长致欢迎词后，先由我介绍代表团成员并讲话。然后双方相继发言。阎延文的发言讲述她创作长篇小说《台湾风云》的经过，尤为受到学生的欢迎。

下午驱车参观高雄市容，又到中山大学附近的海港区，余光中先生陪同，大家在海堤边拍了不少照片。

晚间高雄文艺协会宴请，席间有位李先生，原为市电力局局长，刚从美国回台，携美酒一瓶赶来，表示欢迎。其拳拳之意，至为感人！席间谈及美国九一一事件，他大骂美国骄横，吃个苦头也应该。他的立场也颇出我意外。宴会后，宾主在饭店前留影。

由于广播又有台风将到达高雄，我遂决定不去恳丁看海，提前率团回大陆，大家为安全计，均表赞成。

2001 年 9 月 26 日

晨起即由绿蒂先生送我们到飞机场。赶在台风尚未登陆前起飞。九日宝岛台湾之行即结束。

上午九时到达香港，即去九龙先找饭店住下。中午应香港作家联会的宴请。宴会由会长刘以鬯先生主持，潘耀明、张诗剑、陶里、犁青等香港作家二十余人参加。因多是老朋友，洽谈欢极。

下午登太平山顶俯瞰维多利亚湾两岸之高楼林立，晚间又到九龙湾边散步，观赏香港之夜景。大家均深感香港各方面的现代化超过台湾。明日全团将分手，或过深圳回广州，或北上分别回南京、武汉、北京。

苏北采风

2004 年 3 月 24 日　星期三

　　早八时四十分自住地出发去飞机场。傅溪鹏同志等在航站大楼十二号门口等候。同行邓友梅、周明、程树臻、李炳银、何西来、刘茵、袁厚春等在大厅会合，办完手续即上机。飞行一个半小时，十二时抵达南京市新建的机场。江苏作家协会副主席赵本夫和工作人员张茂龙、江萍等来接。半个多小时后驱车到达虎踞路金盾饭店，安排我住 201 号套房。少憩，即用午餐。休息至下午三时，到饭店六层雨花厅与江苏作家座谈。赵本夫主持会议，江苏作家协会主席王臻中致欢迎词，并介绍江苏作家协会的工作情况。北京来的作家一一发言。我也讲了二十分钟。最后，海笑代表当地老作家讲话。

　　六时，全体人员登车去秦淮河夫子庙，在春雨轩由江苏作家协会请吃小吃。席间杯觥交错，兼看歌舞和自己表演节目。当地作家出席的还有唐金月、海笑、凤章、杨旭、徐兆淮、黄毓璜等。宾主尽欢而散。饭后，宾主绕秦淮河步游夫子庙街道，至文德桥之乌衣巷前，登车返回金盾饭店。秦淮一带满街霓虹灯，五颜六色，漆彩游船穿梭往返，真正是"桨声灯影秦淮河"，一片太平世界的繁华景象。九时离秦淮河，乘车返饭店。

2004 年 3 月 25 日　星期四

　　晨六时半起床，洗漱毕，去餐厅用餐。八时半登车，在王臻中同志陪同下去江苏电视台，先集体参观了科学宫，仔细看了声光电力等物理方面的表演。后登电视塔顶的旋转餐厅，俯瞰南京全景。算是第一次看到秦淮河蜿蜒注入长江，看到新街口一带高楼林立，玄武湖波光闪闪，远处钟山霭霭透着青黛。在厅中饮茶小憩，即乘快速电梯下来，三百一十八米的高程，仅用三十秒钟，可谓神速！全体在台阶前合影毕，即登车去南京烟草集团公司。公司党委书记兼董事长张岩磊出面接待并介绍了该公司自1995年以来如何扭亏为盈，成为南京利税大户。他当过兵，转业后又当过车工，生产科长，原在徐州卷烟厂工作，后调来南京任南京卷烟厂厂长，使这个企业八年间产生了翻天覆地的变化。他的基本经验是抓产品、抓管理、抓市场。原亏损一亿五千万。现在创造利税年达二十七亿。我们参观了厂区的行政大楼、生产车间和宾馆。整个厂区像是一所大学校园，建筑现代，广场绿草如茵，非常开阔美观！车间的机器设备也十分现代化自动化。参观毕，主人在宾馆宴客。午后一时半，告别主人和王臻中同志等，登车在赵本夫等同志陪同下，启程赴宿迁。二时过南京新建的长江二桥，横跨八卦洲，长数公里，为悬索桥，非常壮观。过江后，经天长、六合、洪泽湖等地，到达宿迁境，该市书记仇和同志等来道边迎接。遂先到洋河镇参观洋河酒业集团公司。该公司为当地支柱产业，已发展为有工人五千人、年产酒九十三万吨的大企业。我们饮了没有勾兑过的七十三度的原酒，并到该公司宾馆赴主人的宴会。晚八时到达宿迁市，入住国际饭店2323套房，设备相当豪华舒适。

2004 年 3 月 26 日　星期五

晨六时半起床，七时半到宿迁厅用自助餐。八时一刻宿迁市委书记仇和同志来饭店，陪同我们驱车参观市容。先到市政大楼前的人民广场，合影留念。又到黄河故道、项羽故里和经济开发区、宿迁学院、骆马湖生态区、樟山森林公园等景点观光，对宿迁的新城建设有了个走马观花的印象。显见规划恢弘，欣欣向荣，到处生机勃勃！午餐后稍憩，二时一刻在王元慧副书记兼组织部长的陪同下，又登车去参观乾隆行宫和新建的步行街——楚街。前者为运河边的古龙王庙，现为国家文物保护单位，因乾隆六次下江南，有五次在此驻跸，尚保存他题诗五首的御碑亭及数进大殿；后者由东南大学设计，建筑既古朴又现代，线条粗犷，色调明朗。四时回国际饭店与宿迁市领导座谈。先由仇和书记介绍当地工作情况和他们的思路，后由我和代表团成员发表答词和感言。大家一致称赞宿迁市委的工作。至七时始散会，该市领导包括市长张新实均出席招待我们的宴会。宾主频频互相敬酒，八时半始尽兴。

2004 年 3 月 27 日　星期六

上午在宿迁市长张新实陪同下，我们代表团驱车往沭阳县参观。约五十分钟到达县境，该县县委书记莫宗通来迎接。即到南洋集团所办的学校参观。学校规模很大，红色的校舍一栋栋都是崭新的，足见这所民办学校的兴旺。之后又去花木园圃、工业开发区和青年广场等地流连。据介绍，这是全国最大的县，人口达 170 多万。苗圃共二十五万亩，每年出口花木数亿元。家家农户都种花木，有的更植有许多盆景。外销到北京、上海和日本。工业开发区分南区与北区，各占十平方公里。其中有一上海人投资的纺织服装厂，有工人三千人，计划发展到一万人，环境相当优美和现代。青年广场为市民提供休闲场所，有花木扶疏，绿柳依依，还有喷泉，景色可人。县城共约二十多万人口，已成为相当大也相当现代化的城市，发展势头很快。中午，该县领导宴请，宿迁市委书记仇和与市长张新实出席。

下午二时告别主人，全团登车去淮安市。我入住淮州饭店1008号大套房。稍休息，四时出席与当地领导的座谈会。淮安市委书记丁解民介绍了当地的情况。我代表采风团作了答词。邓友梅同志也做了讲话。晚六时，淮安市领导在贵宾厅举行盛大宴会招待我们全体团员。宾主尽欢而散。

2004 年 3 月 28 日　星期日

上午在市委周秘书长陪同下先去钢厂参观。这是南京钢铁集团的一个有限公司。我们参观了特殊钢材轧制车间。可年产三百万吨，规模不小。然后又参观了另一大型企业——韩泰轮胎公司。厂房长达数里，可年产三百万副轮胎，百分之六十出口国外。之后又去淮阴中学新校区参观。据介绍此校获政府投资两亿元，建筑恢宏美观，可以说是我见到最大的一所中学，设备也是第一流的。大家留影纪念于周恩来总理的塑像前。又驱车去抗日战争期间以李一氓为主席的苏皖边区政府旧址。房子系砖砌两层楼，带有后花园，原是盐商的房产被征用的，内有不少旧照片。近午，又去瞻仰周总理故居，是早年周家租用的房子，还有周总理幼年读过的私塾和他的书房。午后二时半乘车去楚州区，即原来的淮安市。先瞻仰周总理曾祖父所购的旧居，占地面积一千多平方米。周总理即诞生于此。十二岁后始去沈阳。此房建筑颇奇特，由透迤曲折的数栋房子构成，带有不少空地和后园，可见当时周家的殷实。据说城中尚有吴承恩和刘鹗的故居，可惜没有时间参观了。四时与楚州区领导座谈，后由他们在淮安宾馆宴请，宾主都唱了不少歌。袁厚春、李炳银、周明、邓友梅等同志都唱了歌。回到淮阴城区的淮州饭店已是晚八时了。

2004 年 3 月 29 日　星期一

早八时乘车往盱眙县。车过淮河入海通道和入江通道，于九时抵达盱眙，先往工业园区，参观了纺织服装厂、机械厂、电器厂和凹凸土厂，然后又参观了市区都梁山上公园。登山顶的观景台，四眺盱眙城的四周景色。原来城之南北均有山，东为新辟的工业园，西临淮河，风景颇佳。城区只有一条东西横贯的主街道，直达淮河边。山上树林密布，有水泥路蜿蜒而上，直达山顶，路旁樱花、桃花、紫堇花盛开，姹紫嫣红，春色宜人。下山后，全团入住都梁大酒店。

中午，县委书记王友富宴请我们全体代表团成员。饭后稍憩，二时在酒店中会堂与县领导一起座谈。王友富书记讲该县近年做了三件事：一是提倡不论先干的观念；二是每年举办龙虾节，产生名牌效应；三是办工业园，每年入住一百个项目。所以发展很快。四时乘车去参观明祖陵和天下第一山，两处均在淮河边，一在西岸，一在东岸。祖陵原淹没水中，被发现后，连年进行修葺，恢复了外墙和展馆，还有石像林立的墓道，据说这实际上是朱元璋高祖、曾祖和祖父的衣冠墓。墓丘仍在，如圆形的馒头小山，但玄宫淹没在水中。天下第一山坐东朝西，面对淮河，如一太师椅，风水绝佳。上有大成殿、摩崖石刻、半山亭等，山顶为盱眙县中学。晚到该县自然生态园，由副书记兼常务副县长吉文桥设宴招待，菜肴十分丰盛，均来自生态园自身的产品。饭后，至茶室唱卡拉 OK，并跳舞、题字。至十时回都梁大酒店。

2004 年 3 月 30 日

全团从盱眙乘大巴车返回南京。此次采风，可谓印象丰富，收获良多。大家对大胆改革、锐意创新的宿迁市委书记仇和，印象深刻，感到这样敢作敢为的干部实在难得！

爱尔兰纪实

　　2004 年 11 月中国作家协会派我和外联部主任陈立刚、黑龙江省作家协会主席冯建福、重庆市作家协会副主席余德尊、《人民文学》杂志社副社长杜卫东等同志组成中国作家代表团前去爱尔兰访问，参加在爱尔兰举办的中国文化周。处在大西洋东岸的爱尔兰离我国可谓至为遥远。听说那个国家是个世外桃源，我自然也很乐意去走一趟。于是就留下了以下的日记。

2004 年 11 月 3 日

　　上午九时抵达首都飞机场，与代表团成员陈立刚、冯建福、余德尊、杜卫东等会合，办了出境手续，午一时十五分起飞。这是架波音 747 大飞机，有十排座。客人都坐满了。大多是外国人，特别是德国商人。一路上因不是临窗，没什么可看。我就读小说，差不多把张一弓的长篇小说《远去的驿站》读完。夜十一时到达法兰克福机场，在航站楼候机到次日凌晨二时，才再登机飞往爱尔兰。深夜（实则是北京时间四日晨五时，当地时间夜十时）降落在爱尔兰首都——都柏林。我们代表团取了行李箱，走出机场大楼，爱尔兰艺术委员会的代表已在门厅迎接，随即登车向市区驰去。

　　静寂的夜和阑珊的灯火，让人觉得马路两边的房舍格外古老而陈旧。房舍多为二、三层建筑。进入市区中心有条灯光比较光亮的宽阔街道，据介绍是都柏林，也是爱尔兰全国最宽阔的商业街，相当于北京的王府井大街，但不长，由于夜深，商店多已歇业，虽仍有不少行人，却显得寥落。车过一道桥，不久就到达古林街边与爱尔兰外交部紧邻的旅馆。因被夜色笼罩，我们对于这座城市尚难形成整体印象。同伴们认为，仿佛来到了 18 世纪的欧洲。因为没有见到什么高楼大厦，最高的房子也就五、六层。我们所住的旅馆，房间不大，尚整洁，有窗临街，从窗户看过去，街对过有座树木葱郁的公园。因为长途旅行，在飞机上已达十七个小时，显得相当疲劳，浴后，看一会儿电视，即就寝。

2004 年 11 月 4 日

早晨在旅馆用早餐，有煎火腿肉、红肠和鸡蛋，烤面包片、水果和咖啡等，尚算丰盛。稍憩，十时四十五分乘车去爱尔兰国家文化交流中心。中心负责人是位中年女士。她向我们代表团介绍了中心的运营情况。这是座不大的四层小楼，楼下是写作中心，楼上是交流中心。仅有工作人员两名，另一位也是女士。她们属于国家旅游体育部的艺术委员会，主要工作是向外国介绍爱尔兰文学。近年来计组织和资助翻译爱尔兰文学作品近八百部，可谓成绩斐然。我作为代表团团长，也介绍了我国文学翻译方面的各种渠道和情况。介绍毕，互赠礼品，包括图书。我送给该中心两本著作。一本是《新时期文学格局》，另一本是《走向新世纪》。告辞后，我们去旅馆附近一家大购物商场，在商场二楼饮食部各人买了一份爱尔兰炸鸡和土豆条，一杯加冰可口可乐，作为午餐。商场很大，建筑敞亮精致，三层回廊均开设各种商店，中间有高耸的椭圆形玻璃屋顶，高悬枝形吊灯，采光充足而又华丽。据说这是爱尔兰最大的商场了。餐罢，回旅馆稍事休息，又登车去访问爱尔兰国家图书馆。我们在该馆负责人引导下参观了阅览大厅和乔伊斯·詹姆斯的生平与作品展。展品有乔的生平照片，作品版本和名作《尤利西斯》创作的历史背景材料，包括当时的海报、招贴画和演出的广告以及当时的音乐、流行歌曲等。我们代表团的成员都非常感兴趣！因为《尤利西斯》是一部最有代表性的"意识流"作品，号称"天书"，很难看懂！整本书写的就是都柏林二十四小时的事情。我国作家萧乾和文洁若夫妇曾把它翻译成中文，在中国出版。

晚餐是在中华料理新世纪酒家吃的虾仁面条，尚可口。老板是香港人。一碗面条十二个半欧元，比照国内的价格就是一百二十五元人民币，相当昂贵。饭罢即登车去城东的都柏林大学演出中心观看北京人民艺术剧院演出的话剧《天下第一楼》。此剧作者是何冀平，已移居香港，当年在北京演出曾名噪一时。此次主演是杨立新，为人民艺术剧院新一代的台柱，也是国内著名电影电视演员。剧院在大学校园里，并不大，尚雅致大方。今天到场观众一半是中国人，一半为爱尔兰人。虽有字幕，但使用北京方言多，外国人难免听不懂。不过，还有相当部分爱尔兰观众没有退席，坚持到最后落幕，真算是很难为他们了。我国驻爱尔兰大使沙海林来到剧场向演员们献花并主持座谈会，大使也会见了我们代表团并合影。夜阑十一时才乘车回到旅馆。所经街道多已灯阑人稀，相当寂寥了。

2004 年 11 月 5 日

上午十时四十五分登车，被送到爱尔兰文学展览馆参观。这是个四层的临街建筑，馆长先生亲自陪同并作讲解。馆内陈列有爱尔兰重要作家的照片、塑像、油画和作品手稿等，内有萧伯纳、叶芝、王尔德、乔伊斯、贝克特等荣获诺贝尔文学奖的世界级著名作家。这实在使我很惊讶！因为过去我把萧伯纳、叶芝和王尔德都当作英国的作家了。实际上他们都是爱尔兰人，只不过因为那时爱尔兰受英国统治，他们又多住在英国写作，所以就把他们错当作英国人了。

　　我们楼下楼上仔细参观了一个多小时，之后去爱尔兰银行大厦，即过去英国统治时代的议会大厦内的一座大厅，听取爱尔兰作家的作品朗诵。听朗诵的约有五十多人，朗诵者是位女士，以一种流利而平缓的缺乏激情的语调诵读作品。由于听不懂，在我们听来竟使人昏昏欲睡。好不容易总算朗诵完，我们赶紧退场走出来。之后我们顺便又参观了紧邻的银行内部，包括大厦里的罗马式柱廊和原来议会的挂有大幅壁毯、显得相当庄严的议事大厅。它使我想起了瑞典斯德哥尔摩市金色的市政大厅。虽然它没有那么辉煌，却也相当华丽。

　　参观毕，我们随又登车沿市区的海滨马路去市郊伸入海湾的半岛游览，沿途多是各式各样的别墅，风景自然十分优美。小道沿海盘山而上，可以看到路边的树林和小屋，还能看到波涛滚滚的大海。我们来到最东端的渔港，闻到浓重的海腥味！我们的车驶过一排渔业仓库，来到海岬的尖端，隔海就是英国，但只能见到茫茫的大海。大家在伸入海湾的码头上拍了一些照片。归途又到海边一小镇，有许多色彩明亮的各式各样的房舍建筑，显得十分典雅而洁净。大家下车观览，在一排楼舍前的数丛芦苇和海螺姑娘铜像前留影，还到海边停泊有许多豪华游艇的港湾又拍了不少照片。这个小镇虽不大，街上却很繁华，人来车往，熙熙攘攘，给我们留下颇深的印象。

　　之后，我们驱车沿海岸的另一条路回到市区，到达旅馆已四时半。休息片刻，我国驻爱尔兰大使沙海林来旅馆请我们代表团去新世纪酒家吃饭。其热情恳切，令人感动！沙大使与陈立刚同志曾在我国驻美国使馆共事，陈立刚又是前任我国驻爱尔兰副大使，关系非同一般。因为我们访问期间恰好举办中国—爱尔兰文化周，国内来访官员和文化演出团体比较多，所以，大使馆非常忙。大使说，本来应该请我们到大使馆吃饭，无奈他今天把所有的工作人员都放去看《天下第一楼》了，所以只好邀我们上街来吃。我们仍到"新世纪酒家"中华料理吃中餐。饭后，大使又亲自领我们到卖鱼女郎（Molly Malone）铜像前留影，又到一家酒吧请我们喝当地特产的黑啤酒，听唱民间歌曲，观看踢踏舞的表演。有七八个男女演员在台上跳，皮靴击打台面，发出雨点般急剧而整齐的音响。酒吧设在一家旅馆的地下一层，但歌声震耳，人头攒动，掌声四起。观众多为中老年。歌曲中即有演唱 Molly Malone 的歌。歌声一起，观众立即和唱，气氛十分热烈。按民间传说，Molly Malone 是一个卖鱼的少女，每天沿街叫卖鲜鱼，后不幸去世，人们就编了歌曲来纪念她，并成为爱尔兰的爱国歌曲之一。这里的黑啤酒听说是加奶酿制，味道甜中带苦。每人一大扎，我到终了只喝了一半！

夜十一时才回到旅馆。这一天可谓印象丰富，特别是接触了酒吧文化和民间风情，实属难得！

2004 年 11 月 6 日

上午乘车观光市容。先到乔治亚区，那里有几条街道盖有很整齐的四层楼房，临街的门均呈上弧形，设计得十分美观精致。每户楼上楼下共十二间房。地下室住仆人，一楼有门厅、办公室和书房，二楼为餐厅及主人卧室，三楼为孩子住房。据说都是 1790 年盖的，是迄今保存得最好的 18 世纪的英式建筑。当时为上流社会的住宅。现在当然易主了。然后，司机又驱车载我们去富人区。那是掩映于林荫路两旁的别墅式小楼。中国大使馆也在这个区域。我们在大使馆门前留影后，又到一座豪宅前留影。司机还驾车送我们去参观爱尔兰最大的啤酒厂——吉尼斯黑啤酒厂，附近也都是这个酒厂工人的住区。我们还参观了一座新教的教堂。附近每个区域差不多都有自己的教堂，多为哥特式建筑，尖塔高耸，少数则为圆顶式的巴洛克建筑。最后，司机又送我们到西北市郊的凤凰公园。园区占地一千七百六十公顷，号称世界最大之公园。内有屹立于草坪上的打败拿破仑的惠灵顿侯爵的纪念碑，还有美国大使馆和爱尔兰总统官邸。后者占地极大。公园内还有罗马教皇保罗二世演讲的大草地，当年曾有来自世界各地的三百万人聚集在这里听他的讲演。我问司机，他讲了什么？司机说，他讲要和平，不要战争！为纪念这次讲演，还在一座披着草皮的土坛上建立了一个高二十五米的巨形十字架，供游人瞻仰。公园里除了草地，还有许多森林。我们驱车在公园里绕行一周，还观看了散布于公园草坪上的鹿群。据说，有一千八百多头鹿在公园里自由自在地生活。我们试图走近照相，鹿群仍在林间悠闲地漫步，并不惊逃。

中午，回到旅馆，饭后代表团成员在陈立刚同志向导下上街游览。都柏林的主要街道并不多，不到一个小时，我们把最繁华的几条街道都逛完了。在那繁华街道的一座大型建筑，现在是邮政局，而百年前则是爱尔兰反抗英国殖民统治而发动武装起义的地方，起义的领袖是爱尔兰的一批诗人。起义被镇压后，他们都被英国统治者处死了。是故，至今爱尔兰人还十分恨英国人！连司机都说，英国人说向西，我们一定向东！原来爱尔兰曾受英国八百年的殖民统治。爱尔兰共有三十六个郡，现在还有北爱尔兰六个郡未曾独立，仍然被英国人统治着。我们盘桓在这座建筑的门前，仰望那一排罗马式的廊柱，不免浮想联翩，肃然起敬。牺牲者不仅是爱尔兰独立的先驱，也是自由的斗士。令人深深感到，杰出的作家总是民族的最敏锐的神经，也是代表社会良知的最勇敢的战士！

2004 年 11 月 7 日

上午十时我们乘车去爱尔兰南部的第二大城市——库克。沿途见到大片田园风光。丘陵起伏，到处都是绿茵茵的草场。让人感到空阔，感到心旷神怡！草场上放牧有许多自由自在地吃草的牛和马。过去英国很负盛名的大洋马，不仅个头高大，而且全身毛色就像缎子一样，实际上多产自爱尔兰。半路，司机把我们领到一个郡镇。那里有一座盖在小山上的古堡式的教堂，不仅显出古旧，也十分壮伟！

原来这座教堂已有数百年的历史。当时一个教士从北方来到这里传教，并且修建了这样一个教堂。可惜现在已见不到屋顶，只能看到几堵墙，邻近的房子还有个地下室，里边放有一口石棺材，大约是属于传教士的。还有一间电影放映室，我们便坐下来看了一场电影。演的正是这个地方的历史。战争、瘟疫给他们带来灾难，而后和平终于来到，才给他们带来了安宁！这两天团员中杜卫东身体不大好！昨天拉肚子，夜里起床又绊了一跤，把腰闪了。今天从古堡下来，在小镇上他逗一只可爱的小狗玩，手又让狗抓了一下，略微露点血。他大为紧张，害怕会传染狂犬病。真是祸不单行，福无双至！于是我们只好先到镇上去帮助他找医生。而医生说，爱尔兰没有狂犬病，因此也没有相应的疫苗。他仍不放心，代表团秘书长陈立刚只好答应他到达库克后再找医院。

由于这个耽误，我们又在镇里的一家饭馆吃了午饭才上路，所以到了下午四时才终于到达库克市。大家在一座山坡的旅馆住下，陈立刚就先联系医生。旅馆没有医生，而医院又要到明天早上才开诊。杜卫东尽管忧心忡忡，却也无可奈何了！大家都为他担心，却皆爱莫能助！

从山坡下去，过座桥就是大街。晚间我们就在大街找了家饭馆吃饭。大街并不宽，车辆行人也不多。饭后，我们便散步回到旅馆。

2004 年 11 月 8 日

一早我们就领杜卫东去找医院。在穿过市区的小河边终于找到了医院。陈立刚主任和他去挂号就医，我们便在门外的小河边等待。这是所市立医院，横跨街道两旁，有天桥把两座建筑连起来。我漫步到河边凭栏观望。只见潺潺的河水蜿蜒而来，从桥下流向市区，河对面的山上盖满了层层房屋，使得城市显得相当拥挤，但所有的建筑都美观大方，色彩淡雅而和谐。一直等到上午十点钟，陈立刚才陪着杜卫东走出来。说是医生仍然肯定爱尔兰没有狂犬病，因为所有的动物进口都要经过严格的检疫。这样，杜卫东和我们才略为放心了。

于是我们才到市区去参观当地的图书馆。看了几个阅览室，包括一个儿童阅览室，与图书馆的工作人员做了交流。正午，爱尔兰文化体育部的官员请我们在一家饭馆吃饭，这位官员是负责筹划整个中国文化周的活动的。他早两天便从都柏林来了库克，所以就在这里接见我们代表团了。他向我们介绍了爱尔兰的情况，说他们没有作家协会，只有文化体育部下面的艺术委员会负责这次中国文化周的各项工作，接待不周，请我们原谅！又说，库克这个城市只有二十万人口，可已经是爱尔兰的第二大城市了，现在正与中国的上海结成姐妹城市。他说，我们爱尔兰是个小国家，当然各方面都没法跟你们中国比了。他还说，过去，爱尔兰与中国交往很少，而现在交往渐渐多起来了。目前在爱尔兰学习的中国学生就有四万五千人之多！

饭后，我们到当地的作家活动中心去跟本地作家和诗人见面。会场虽然不大，来的当地作家却不少，有男有女，还有一位须发俱白的诗人。为了表现对我们的欢迎，他当场吹响一支古老的风笛，为我们演奏一首民歌！参加聚会的还有来自英国和法国的诗人。主人还为我们端上了热气腾腾的咖啡，情意殷殷！为了表示报答主人的热情，我除了代表中国作家代表团致词表示感谢，也吟诵了一首杜甫的诗"两个黄鹂鸣翠柳，一行白鹭上青天，窗含西岭千秋雪，门泊东吴万里船"。并试图通过这首诗略为解释中国唐代诗歌的韵律和美学理念。陈立刚同志为我做了详细的翻译，当地的作家和诗人非常感兴趣。会见到五时才结束，我们告别主人这才回到旅馆。

晚间，我们又自己上街，找到了一家中国料理，吃了一餐中国饭。

2004 年 11 月 9 日

上午10时当地诗人汤玛士·麦卡锡来旅馆领我们步行去参观市容。库克市以河为界分为南北两个市区。我们沿河边北岸先后参观了历史上的谷仓（现改为歌剧排演场）、宰牛场、天主教堂，然后过桥走到过去的市政厅（即今天的医院），又去一个大菜市场，在那里的楼上，汤玛士还请我们喝咖啡、吃甜点心。从他的介绍里，我们才知道，百年前的库克原为渔村，逐渐形成以出口粮食和牛肉到美国去的港口，至今它仍然是爱尔兰最重要的出海口。河北的房屋都依山而建，层层叠叠，参差错落，过去多为罗曼人所居。河南成为今天主要的市区，有多条繁华的街道。从菜市场出来后，汤玛士·麦卡锡先生就领我们到一条小街的法兰克故居，即现今的写作中心办事处。中心主任带我们参观这所三层的小建筑，它曾是法兰克的出生地。法兰克曾是爱尔兰著名小说家，乔伊斯和贝克特等都受过他的影响。这建筑后来由法兰克的亲戚居住。现在则被政府收购作为当地作家活动的场所。中午，主人受艺术委员会之托，请我们在一家西餐馆吃饭。我们都要了一份烤三文鱼加米饭，外加一杯红茶。之后又领我们到市区艺术中心，当地还有两位女性作家一起接待我们。他们为我们朗诵了自己创作的诗歌，相互交谈和赠送礼品。其中一位爱尔兰姑娘，中国名字叫李柠，是库克大学学金融的学生，已出过三本诗集。她们的朗诵，我们虽然听不大懂，但那友好的情意，我们还是感受到了。

下午，司机为我们驱车到二十英里外的一座海港要塞瞻仰，那里是为防备西班牙人入侵而修建的。沿途多斜缓的丘陵，多草坡和树林，风光异常美丽。要塞扼海港入口处，相当险要。港湾内则建有依山傍水的小镇，建筑风格多样，颜色也多样。我们又坐车到了镇里，在大街小巷漫步一番。并在"白房子"餐馆用晚餐，吃的是当地产的新鲜烤鱼，香气诱人，十分可口。天黑才驱车回库克市，热心的司机又绕行山上山下的几条街道，让我们有机会充分领略库克市的市容和夜景。

2004 年 11 月 10 日

晨八时从库克市乘车返都柏林。途中在一小镇的餐馆吃午饭。司机戏称这是劳动人民用餐的地方，实际上餐馆很干净、雅致。我要了一份烤鱼加土豆泥，一壶红茶。我这几天已很习惯于喝红茶加牛奶和糖。回到都柏林已近下午三时，住在原来的古林街的旅馆，只是换了个 109 房间，是二楼临街的一间。艺术委员会的负责人即来引我们去附近的诗社。诗社主任领我们参观了房子的所有房间。据说此房过去属于贵族，被政府收购后拨给诗社使用。各个房间的墙壁或用红赭或用淡黄漆成，加上白色的墙眉、墙脚，天花板则在白地上绘有彩色花纹图案，挂着枝形的璎珞玻璃吊灯，显得相当华丽。主人送我们诗社编辑的诗歌季刊，还有他们翻译的上海女诗人张烨的一本诗集。告辞后，我们又到大商场去买了些小商品，准备带回国内送人。在商场的二楼餐厅，我们又买了豆泥、炸土豆条和加冰可口可乐，还有两杯冰激凌，喝得肚子凉冰冰的。

晚八时，乘车往利菲河边的剧院去观看上海乐团的打击乐演出。今天观众比较多，绝大部分都是爱尔兰的观众。演出也相当精彩。总共只有九个演员，两女七男，用大小鼓、胡琴、大小锣和钹、唢呐等演奏，很受观众欢迎，最后谢幕达七八次，反响非常热烈。可见音乐的超民族性，比话剧演出的效果强多了。场中遇见爱尔兰华侨联合会的主席张敏琪女士，她与陈立刚同志是老相识，一定要请我们吃夜宵。盛情难却，遂到新世纪餐馆吃皮蛋粥、虾饺、炸油条和拌海蜇等广东点心。张女士小时在湖南长沙，后去香港读小学，到爱尔兰已二十八年。她原是医生，却热心华侨的公益事业，出面组织华侨联合会，现有会员六百多人。她说，过去爱尔兰华人很少，近些年迅速增多，现达六万多人。其中四万多是留学生，也有少量因犯罪被关到监狱里，因最高检察长的关怀，华人犯可以吃米饭而不吃土豆，还有零用钱，所以他们也安心服刑。张女士为人热情好客，且健谈。宾主相见甚欢，至夜 11 时始告辞回寓。

2004 年 11 月 11 日

用过早餐即束装上车去机场。与司机拥抱告别。这位司机已五十六岁，满头白发，很有风度，对我们非常友好。大家戏称他是"总理"。因为他的风度像个总理。他就自充是我们的"总理"。几天相处，彼此都产生了感情，所以相别不免依依。办完登机手续，至十二时才起飞。下午两时多抵达法兰克福，又在机场等候了近五个小时才重新登上我国的国际航空公司大型客机，向国内飞去。经莫斯科、伊尔库茨克和蒙古沙漠，于十二日中午十二时十五分抵达北京机场。天明时飞机已在伊尔库茨克上空，但见茫茫云海下有山峦起伏，白雪皑皑。之后又见黄沙万里，偶有湖泊闪光。及到国境，即见崇山峻岭和散布其间的碧绿水库，这就是燕山山脉了。不多时，华北平原就出现在机翼下，飞机便开始下降。整个爱尔兰之旅也就宣告结束。抵达首都机场后，代表团成员互相告别。杜卫东说，他要做东，在京请大家吃一顿。我们都表示感谢！小李开车来接我，我就先回家，其他同志，中国作家协会派车把他们接到宾馆去。

皖 赣 行

2004 年 12 月 15 日

因中国作家协会副主席张锲同志主持的中华文学基金会拿出大笔钱，购买大批图书和电脑，要送给安徽大别山后进的农村地区，邀我跟他一起去办这个事。我是原发起人之一，义不容辞，就决定今日同行。晚九时到北京站乘 Z73 次列车去安徽合肥。同车厢有张锲同志。同行还有作家徐贵祥、蒋巍和歌唱演员多人。

2004 年 12 月 16 日

列车走了一夜，晨七时半到达合肥。六安市宣传部长等来迎接。遂分乘面包车和小轿车去六安。十一时到达，入住军分区所办的金星宾馆。与该市领导见面。下午三时到市中心广场参加赠书仪式。仪式颇隆重，有中小学生的鼓乐队，多所中小学的学生列队参加。除了市委书记讲话，张锲和我也讲了话。此次共送三十五台电脑和九十多万元的书。市民围观者甚多。仪式毕，一行又去六安第一中学和皖西学院参观。前者为市重点中学，高考录取率甚高。后者在桃花岛上，校区宽广，校舍新建，显得气度恢弘、壮观，有学生万人。晚，市委书记和市长举行宴会招待我们全体客人，包括从上海来的徐俊西、俞天白、周玉明、徐春萍和北京来的媒体记者，有北京电视台的黄殿琴、《文艺报》的任晶晶等。之后，我和张锲、李存葆、徐贵祥应六安电视台的邀请，到电视台与大中学生对话。

2004 年 12 月 17 日

上午乘车去二十公里外的独山镇，给该镇小学和中学赠书。到达时全镇沸腾，学生和镇领导列队欢迎，也有鼓乐演奏，旗帜飘扬。赠书仪式上，小学生朗诵诗篇十分动人，蒋巍同志代表我们作家讲话更充满鼓动性。之后又与学生们会见。中午在镇上吃饭并参观当年红军起义的场所。据说，王明曾在此地上过学。独山镇于 1929 年在皖西打响起义的第一枪，之后才创建了皖西革命根据地和鄂豫皖苏区。下午又乘车去参观响洪甸水库。库区已进入大别山腹地，十分辽阔，可蓄水二十七亿立方米，当年淹了十万亩土地，迁移了十万老百姓。现与梅山水库和磨子潭水库一起可灌溉一千七百万亩良田，并为合肥供应饮用水，还可以发电。四十年前，我曾与徐兆淮、孟繁林同志到金寨县，翻越大别山，过苏家埠，从上游乘船穿越响洪甸水库，到达大坝区，那时天气晴朗，蓝天碧水，汪洋浩渺，景色十分壮丽。今天却遇阴蒙蒙的雾霭，未免大为逊色。回到六安，晚七时到剧场观看当地歌舞团和庐剧团演出的精彩节目。有歌舞，也有庐剧片断，还有诗歌朗诵等。

2004 年 12 月 18 日

上午乘车参观市容，先后观看了滨河公园、皋陶墓和经济开发区，还有市新建的行政大楼和政务大楼，新建区的建筑都比较有超前意识。公务大楼供前来办事的人员触摸的电视屏幕相当先进，与日本东京都政府大楼的设备差不多。下午三时乘车离开六安，五时到达合肥，新文采阁大厦的老板刘明善同志请吃晚宴。他原是淮南市谢一煤矿的矿长，后又开发和建设了新集煤矿，为国家创造了上百亿资产。他又是中华文学基金会的副会长，是个十分能干的企业家。宴会上见到原安徽文联副主席、评论家苏中同志，他身体很好，面色红润。因是老朋友，相见甚欢！八时乘车去火车站，仍与张锲同志同一车厢，一起回北京。

2004 年 12 月 19 日

上午在家休息，下午三时到首都师范大学参加中国当代文学研究会常务理事会。谢冕、白烨、吴思敬、孟繁华、贺绍俊、朱容、吴重阳、来春刚等也与会，回顾了学会本年的工作，讨论了明年的工作规划。之后到附近的金城酒家吃饭，我代表研究会向大家祝酒，回到家已近九时。

2004 年 12 月 20 日

上午十时到飞机场，与吴远迈、董学文等同志偕行飞南昌。因中央马克思主义研究与建设工程文学理论组定在南昌开会，我们作为课题组的重要成员，必须参加。下午两时半到达。江西师范大学文学院院长赖大仁等在机场迎接。登车到南昌，入住省委宾馆十一号楼。晚间开预备会议。

2004 年 12 月 21 日

上午到江西师范大学新校区参加马克思主义研究和建设工程文学组第一次学术讨论会，先举行开幕式。该校校长游海致欢迎辞，江西副省长赵智勇代表省领导讲话，我也代表中国作家协会致了祝辞。童庆炳教授作为文学组首席专家讲话，讲了会议的任务和开法。之后共同合影并参观该校新区，在自助餐厅用餐，菜肴颇丰富。

下午四时江西省委书记孟建柱在副书记和宣传部陈副部长

陪同下到宾馆接见会议成员。宾主进行交谈。孟书记相当平易近人。关于他从上海调到江西的政绩，我早有所闻。据说，他要求江西每个乡镇都配一名上海干部，以便把上海的理念带到江西。不到三年，江西确有大变。晚七时半江西师范大学副校长傅修延陪同会议成员到白鹿园观看茶艺表演。由南昌女子职业学校茶艺大专同学分别表演了一般茶艺和明清茶艺、禅茶艺、客家擂茶艺、唐代宫廷茶艺，江西社会科学院副院长陈文华先生亲自讲解。

2004 年 12 月 22 日

飞返北京。

宁夏去来

2005 年 8 月 17 日

　　中国作家协会主席团会议应张贤亮之邀，决定在宁夏回族自治区银川市召开。上午十时半自北京机场起飞，经山西、陕西和内蒙古的高原与沙漠，十二时半到达银川所在的河套绿洲。沿途飞越黄土高原，但见绿色植被很少，到了内蒙古与宁夏的边界，已是茫然无际的一片沙丘。及见黄河，才有绿洲。银川机场建在沙漠与绿洲的边缘地带。中国作家协会党组书记金炳华和张健，还有王巨才等同志同机到达。宁夏党委常委兼宣传部长李东东来机场迎接。

　　驱车沿高速公路过黄河大桥，一路都是绿色的稻田和玉米地，还有芦苇荡，满眼江南风光。这真是塞外奇迹！约半小时进入银川市区，马路宽阔，楼厦林立，建筑多为浅色，或白或黄，相当柔和。市区与内地城市无异，只是马路上行人稍少，车辆也不如内地城市那么拥挤。我们下榻于四星级的国际饭店。安排我住十层的九号套间，已摆好欢迎的鲜花和水果。李部长随即宴请已到达的中国作家协会领导，包括蒋子龙、张平、陈忠实、谭谈、黄亚洲等副主席和书记处书记高洪波、吉狄马加、张胜友、田滋茂等。下午小休。晚八时，金炳华召集副主席开预备会，通报了主席团会议的准备情况。

2005 年 8 月 18 日

　　上午八时，登车去张贤亮所经营的西部电影城，地处银川西北郊区，原为明代和清代守军的两座荒颓的土城堡，经修葺，又建了一些仿古的建筑，遂成了拍摄西部电影的好场所和旅游点。为欢迎我们，张贤亮竟雇请当地农民陈列了仪仗队，包括身披甲胄的持矛甲士，列成两行，还有舞龙队和儿童的锣鼓队。敲锣打鼓，很是热闹！会议在他的外表很土、内里却装修得很现代的大厅召开。宁夏区党委马副书记到会致欢迎词，金炳华代表书记处做报告，汇报上半年所做的工作。

下午，大家讨论并参观电影城和张贤亮的两栋中西式住宅以及家具展览馆。他收罗了不少名贵家具，包括花梨木和檀木、红木的桌子、柜子和木床，价值上千万。晚，张贤亮在附近酒家宴请作家协会主席团成员，他说他的书法现在也值钱，至于电影城，曾拍过莫言作品改编的电影《红高粱》，现在成了旅游点，只要旅游车开来，就是给他送钱来。多的时候，一天他能收入十万元人民币。难怪他会自夸为中国作家第一富！当年，他劳改的时候，常从这里经过，那时这土城堡自然非常荒芜，后来划归宁夏文联管，也无多收入。而张贤亮把它承包下来，却赚了大钱。可见，他很有经营的头脑！现在，电影城里还发展了一条古色古香的小街，商铺的店家都穿着古代的衣裳，有卖肉的、打铁的，什么行当都有一点，所以能够吸引许多旅游者来游览和拍照，也能吸引电影制片人到这里拍片子。据说，《龙门客栈》也是在这里拍的。

2005 年 8 月 19 日

去参观沙坡头。先乘大巴车，一小时后到达。原来这是一片沙漠中的湖泊，四周长满芦苇，在朔方应属奇迹！我们先坐船游湖，然后登上沙坡头，可以在上头像滑雪一样，坐木橇板滑行到水边。此地风光很好，湖水清澈含碧，芦苇青青，应该说在塞外尤为难得！下午，去参观银川市区的清真寺，为汉式建筑。没有伊斯兰清真寺常见的圆锥形高塔，却如佛寺一样有许多殿堂，雕梁画栋，规模宏大，以曲道回廊联通，走了半天才能参观毕。此为银川市主要的建筑名胜。

2005 年 8 月 20 日

乘车去瞻仰西夏王陵。车行向西，陵在贺兰山脚下，似一巨型窝窝头。实际上，古代在窝窝头周围均围有殿阁式建筑，因木建构腐烂或被火毁，只剩下中间支撑建筑的土建部分。西夏为蒙古成吉思汗所灭，灭得很彻底，以致历史文物荡然无存。连西夏文，至今也很难识别。徘徊陵墓四周，面对峭拔的贺兰山，深感历史的沧桑！李东东部长赠我一本她创作的《宁夏赋》。

2005 年 8 月 21 日

乘车去黄河边的腾格里沙漠。沿途仍属黄河水所灌溉的绿洲，但不久就进入沙漠。我们下车后，先骑上骆驼，在沙漠中踽踽络绎前行。这是我第一次骑骆驼，颠得慌，到了一站，又换乘冲浪车，在沙丘中驰行，忽而爬上丘顶，忽而又朝沙谷下冲去，相当有刺激性。其后，回到黄河边，乘坐羊皮筏子，在河上漂流。所谓羊皮筏子，是用几只羊皮缝制的气囊，吹涨了扎起来，绑在筏子底下，这样，筏子就会浮在水面，不会下沉。我们坐在上面，由船家划着水，自然别具一番风味！中午，吃饭后返回银川。晚，自治区党委书记设宴为我们饯行。

2005 年 8 月 22 日

乘飞机返北京。

云南调研记

2006 年 1 月 10 日 星期二 晴

上午十时半王彦霞来，小段开车送我们到飞机场贵宾楼。不久，调研组成员陆续到齐。翟泰丰同志带队，同行还有文化部原政策条规司司长康式昭、山西社会科学院副院长艾斐、中国艺术研究院副院长王能宪、北京联合大学教授张娅娅和侯燕伦秘书。飞行三小时五十分。途中与老翟谈论我国文化产业发展的状况。小憩一觉，即到达昆明机场，云南省委宣传部副部长黄峻同志等备车迎接。驱车进城，住入连云宾馆八号楼。六时，省委副书记丹增同志和省委宣传部晏部长宴请。丹增做了热情洋溢的欢迎词。因是老朋友，彼此相见甚欢。

两年不见，昆明市容又焕然一新。这些年，云南的工作做得很好，特别是建设文化大省，以文化带动全面的工作，成效显著。

新认识云南出版集团研发部主任张惟。

2006 年 1 月 11 日 星期三 晴

上午九时在连云宾馆第四会议厅听取省委宣传部副部长黄峻和昆明市委宣传部长张红苹关于发展文化产业和事业的汇报。省委宣传部晏友琼部长主持会议并做了补充汇报。内容很充实，使我们对云南近年建设文化大省的显著成绩和尚存在的问题有进一步的了解。下午小憩后阅读云南的有关汇报材料。晚五时在省文化产业办副主任赵晓澜陪同下去世博园附近的吉鑫园用餐，并观览歌舞演出。演出内容丰富，堪称美女如云，服饰华丽，布景辉煌，舞姿和音乐都可圈可点。把云南各民族的文化都多姿多彩地表现出来。节目共六场：南诏宫宴、滇人羽舞、秘境马帮、高原霓裳、圣洁祝福、高原盛会。菜肴也富于云南特色，多各种蘑菇，最后还上了过桥米线。回到宾馆已九时。阅读当天报纸。一路上翟部长与康式昭不断开玩笑，两人都富于幽默感，使调研组气氛非常融洽和活跃。

2006 年 1 月 12 日　星期四　晴

上午继续听取汇报。先后有文化厅长、广电局长、报业集团、出版集团等单位负责同志汇报。下午原云南文联党组书记、诗人晓雪来访，谈了周良沛、张昆华、彭荆风、苏策等老作家和黄尧、李巍、范稳、海男等的情况。后陪他去见翟泰丰同志，至五时调研组集合乘车去"云南人家"。这也是个民营企业，我们先参观它的博物馆，藏品相当丰富，从古铜器、瓷器到书画、服饰，琳琅满目。后进入餐馆就餐，同样有文艺节目演出。皆为少数民族歌舞，不过更见纯朴、粗野，没有多少加工，民间韵味十足。黄峻副部长等作陪。宾主至九时方分手，回连云宾馆休息。翟部长因曾得心肌梗塞，至今心脏仍不大好，每天晚上都戴着呼吸机睡觉，真是难为他这样抱病工作。

2006 年 1 月 13 日　星期五　晴

上午仍在第四会议室听取座谈会的意见。今天参加座谈的主要是专家和学者，云南作家协会副主席黄尧也参加座谈。大家有不少好的意见，特别是有关理论的见解。下午在翟部长房间调研组的同志座谈三天来听取意见的收获，一直谈到六时才去就餐。晚七时半乘车去观看"云南映象"的演出。它已经成为云南效益很好的文化产业,由著名舞蹈演员杨丽萍创立,排演一系列反映云南少数民族生活的舞蹈。前面有序:"混沌初开";第一场:太阳;第二场:土地;第三场:家园;第四场:火祭;第五场:朝圣;尾声:雀之灵。内容相当丰富多彩,各种舞蹈或雄浑,或粗犷,或狂野,或肃穆,或柔美,风格不一,形成一台多姿多态的演出。据说杨丽萍率团去美国访问,要在那里演出一百场,合同达一千七百万元。今晚代她演出的是 B 角陈吟吟,虽不及杨丽萍,但也算演得很好了。

2006 年 1 月 14 日　星期六　晴

上午八时半乘车去石林,约九时半到达。这是我第三次来石林了,感到景色焕然一新。新建了宾馆,铺设了石砌的道路和许多绿茵茵的草地。当地县委书记和宣传部长等在高速路的收费站迎接,还有许多撒尼的男女吹打乐器,跳着舞在景区门前欢迎。今天游人很多,我们大约走了一个多小时,看了大石林、小石林和水上石林,然后到宾馆用午餐。下午在宾馆稍憩,又观看了反映石林县建设进步的录像,重又登车,经过新建的县城,到达长湖,那里正举行云南省第八届青年节的仪式。长湖长三千多米,宽五百米,深二十米,水质清澈,呈青色。临湖有山林草坪,很多人在那里载歌载舞。

盘桓不久,又登车去阿诗玛的故乡——阿着底村,受到村民的热烈欢迎,先参观了女村长普菲创造的刺绣品协会,听到关于她的传奇性的经历。深感一个农村少数民族妇女,居然能够开创民族服装刺绣这样的文化产业,实在不易!从刺绣品展览馆出来,又进村观看了村民的文娱表演,大家围着篝火跳舞,最后去普菲家吃年夜饭。她家建有洋房,还修有水泥马路,居高临下,可眺望全村。晚餐十分丰盛，共十多个菜，羊肉、猪肉、奶制品、野菜、鸡蛋等等。主人家十分热情，全家女性包括普菲的母亲、姐妹和外甥女都来给客人唱歌敬酒，唱了又唱，敬了又敬。喝着包谷酒，酒足饭饱才告别主人一家，登车回程，回到昆明已近十时。这一天的日程可说安排得十分丰富也十分紧张。

2006 年 1 月 15 日　星期日　晴

上午八时半，省委副书记丹增（藏族）同志来宾馆，他今天特意拨冗陪同我们去昆明官渡区考察。官渡区在昆明东北的滇池边，为古代渡口，也是古时滇国的重要城市。后为南诏国的拓东城，曾经非常繁华。我们先到以金刚塔为中心的明清古城镇。此塔建于明初，原塔基淹于水中，经修建地宫，用千斤顶将它整体提升，使之成为广场的中心建筑。塔之奇在基座有四个门洞开，让游人自由通过。塔之北有妙莲寺，寺旁还建有文庙和武庙，分别祀孔子与关公。广场南建有古色古香的街道和店肆。镇上还有宝华寺、地藏寺，可见古代香火的鼎盛。当地区委书记介绍了官渡区的情况，并让我们看了录像。翟泰丰和丹增同志分别也讲了话。然后又驱车去参观体育城和世纪城。最后到福保村宾馆吃午饭，宾主频频举酒，尽欢而散。与丹增合影后，他辞去，因他下午要开四、五个会。陪同的黄峻副部长和昆明的宣传部长张红苹也回市里开会。

我们先到滇池边看海鸥，拍了不少照片。海鸥已不惧人，翩飞于人们的头顶上抢食，甚是可爱。在"蓝色庄园"的别墅里小睡，三时起，又登车去福保村村委会大楼参观展览室，听取该村农工商联合企业的党委书记汇报村子过去的历史和今后的发展规划。这个村庄如今已完全现代化，建有工厂数座，居民家家都盖有别墅式楼房。将来还要建旅游文化区，包括"水上大世界"、"彩云天堂"歌舞大剧院等。又去茶叶销售中心，在"天然居"茶馆饮普洱茶。才知此茶分生茶与熟茶，后者呈红色。由茶饼泡成，可加水二十多道，色泽仍不变。长期饮用，可降血脂、血压，并能促进睡眠，而且放的年代越久便越值钱。一张茶饼竟然有拍卖数千元、几万元的。晚在"大蓉和"酒楼用餐，省文化产业办公室赵主任和昆明市宣传部副部长陈乐作陪。八时回到连云宾馆。

2006 年 1 月 16 日　星期一　晴

上午九时，黄峻副部长来宾馆，陪我们一行乘车去玉溪市。沿途景色颇佳，山峦起伏，布满苍松绿树，田野黄灿灿的油菜花正盛开，一路高速，约一小时便见抚仙湖横卧山间，烟波浩渺，水色如黛。不久抵达玉溪市，城市街道宽阔，树木婆娑，绿化得非常好。我们先到聂耳故居参观，然后去聂耳音乐馆。这是一座规模宏大的现代化建筑，堪称是全国一流的音乐馆，而且周围环境好，处于红塔集团所建的文化中心的中心，正是市民休闲的好去处。从音乐馆出来，又乘车去博物馆观看李家山发掘的青铜器物，从中可一睹古时滇国的文化风采。后又去红塔区的文化站，看了录像介绍。在当地李书记陪同下开车到抚仙湖边，面对小孤山，但见岛上绿树苍苍，层楼叠宇参差耸立，有如蓬莱仙岛。湖水清澈见底，远处似海湾，水色由淡绿、深绿而深蓝、黛青。岸边建有高级宾馆，全是白色建筑，在蓝天碧海绿树的包围中，显得格外明亮而安适。大家在湖边照相后，就到宾馆大堂听古滇乐团演奏的滇国古乐。下午三时驱车去到明星鱼洞，品尝该地特产的水煮鱼。晚，返回昆明。

2006 年 1 月 17 日

云南的文化调研之行今天结束。在翟部长主持下，我们在连云宾馆座谈调研收获，准备起草一份给云南省委和中央有关部门的报告。下午，全团乘飞机返京。

再访美国

2006 年 5 月 20 日　晴

　　上午九时半从家中告别妈妈，出发去首都机场。中国作家协会外联部陈立刚主任已在等候，遂至贵宾室十一号，见代表团成员俱已到达。稍憩，金炳华书记赶到，举行宴会为我们送行。其情可感！团员有江苏作家周梅森、湖北作家熊召政、陕西作家雷涛、宁夏作家余光慧、广西作家黄佩华、光明日报名记者韩小蕙、外联部翻译吴欣蔚、人事部副主任王立华等。代表团由我任团长，陈立刚任秘书长。陈曾在我国驻美使馆担任过政治参赞，英文很好，过去还陪我访问过爱尔兰。所以，有他陪同，我就一切放心了。

　　入关不久即上飞机，为 747 宽体客机。飞行十二个小时，至纽约时间 20 日下午一时许，提前到达。纽约华人作家协会会长赵俊迈先生和夫人等四人到机场迎接、献花。随即合影留念，并驱车进入纽约市区，先参观华人区和时代广场、中央公园和联合国大厦。然后驱车去应我国驻纽约总领事馆欢迎我们的宴会，夜入住机场附近的旅馆，地处新泽西州。1998 年我初访美国，也住的是这家旅馆。

5 月 21 日　晴

　　上午驱车过隧道进纽约市，到华人区一家餐馆，北美华人作家协会会长马克任先生为我们举行欢迎宴会。出席作陪的有王鼎钧、赵淑侠等几位作家。我与赵淑侠是老朋友了，相见甚欢。她原住瑞士，担任过欧洲华人作家协会会长，后与丈夫离婚，便移居纽约。过去，我跟她和她的妹妹一起开过多次会，所以是旧相识了。其他作家也大多来自台湾，均移居纽约多年。过去虽不认识，但大家一见如故，欢谈甚洽。饭后，步行至附近的社区图书馆。先由一华人馆长引导参观，然后去会场参加与纽约华人作家的对话会。出席会议的听众有五十余人，会议由赵俊迈和陈立刚共同主持。我方由我和熊召政、周梅森、韩小蕙、雷涛等发言，对方由马克任、王鼎钧、赵淑侠等发言。三时许，告别主人，驱车到市区参观帝国大厦，俯瞰纽约市全景。晚上，叶文彬夫妇及全家来访，五十多年不见，相见多有感慨！他比我小多岁，却已双鬓斑白，儿孙满堂！1949年他才十二岁，参军后被送往上海，不料船到舟山群岛，被国民党军舰所俘获，全部被押去台湾，从此家乡便认为他已牺牲，宣布他是革命烈士。实际上，他在台湾受教育和工作，退休后才移民纽约。

5月22日　晴

上午先到华尔街参观证券交易所，后去看了国贸大厦的废墟，回想前次访问纽约登临大厦的情况，感慨系之。登轮驶往海湾，远眺自由女神像，然后又驶回纽约港。下午驱车去巴的摩和费城。此两地我于1998年均来过，参观的项目完全一样。我看了巴尔的摩港口的建有功勋的潜水艇和图书馆，又参观了费城的自由钟等处。晚抵达华盛顿，先赴我国大使馆的欢迎宴会，会见美国国会图书馆中国部主任。夜宿华盛顿郊区的一家旅馆。

5月23日　晴

上午参观白宫、林肯纪念碑和肯尼迪文化演出中心。后者是肯尼迪总统被刺后建立的，为华盛顿比较宏大的艺术演出剧院。我们去参观时，有个剧场正在演出歌舞。楼上还有许多大厅，有的是艺术品陈列室，有的似乎是宴会厅或文化聚会的场所。下午，参观宇宙航空博物馆和艺术博物馆。艺术博物馆上次我不曾参观过，所以这回看得比较仔细。其展品包括油画和雕塑，展品相当丰富，不亚于我见过的柏林美术馆。之后又到国会大厦，并在附近照相。华盛顿城市不大，我因曾经来访过，已无新鲜感。会见华人作家周女士。她原毕业于北京师范大学，早移民美国，现与丈夫定居华盛顿。

5 月 24 日　晴

全团乘纽约华文作家协会租用的中巴车，向水牛城出发。沿途数百公里均行高速公路，两旁可见树林和农舍。晚，抵达尼亚加拉大瀑布。这是我第二次来，记得前次 1998 年 11 月我与董乃斌来时，路线一样，但沿途树林一片金黄和殷红的叶子，非常好看。这次，我们除坐船到大瀑布前仰观外，还到瀑布上游的岛屿游览，那里的景色也很好。当晚住在水牛城。全城灯光黯淡，而对岸的加拿大城区却灯光灿烂。据说，这边的美国人不喜欢很多游人来打搅他们的平静生活，加上年轻人多走了，剩下老人比较多，城市就显得萧条。因此，房子空下来便很便宜，有说六千美元就可以买个房子。

5 月 25 日

我们登车去波士顿。中午抵达，先去参观哈佛大学和麻省理工学院。这两所都是美国的名校。校舍与大街连在一起，与中国的大学相比，校舍未免显得旧了些，但校园均占地很大。我们参观了一些教室、图书馆和实验室，之后又到港口参观，见到一些停靠的轮船。据说，早年欧洲人到美国，不是到纽约，而是第一站到波士顿。但现在，这里的港口却显得萧条，没有船舶繁忙来往的景象。晚上，大家到餐馆吃龙虾。此地产龙虾，价格自然比国内便宜，每人一个大龙虾。因是美味，大家都吃得很饱。

5月26日

由此去耶鲁大学，又去弗吉尼亚州，参观了州政府大楼。然后去机场飞往洛杉矶。当晚，抵达洛杉矶，但见满地灯火，灿若繁星。市区很大，飞机掠过市区，很久才降落机场。台湾的吴先生受北美华人作家协会的委托，开车来接。他把我们安排到市区一家旅馆住下。我发现，这正是我1998年来访时住的旅馆，是二层楼的建筑，院子中有个小游泳池。

5月27日至29日

我们访问了洛杉矶的世界日报社，会见了总编辑，然后开车去观览伦敦桥。桥是美国人从英国伦敦买来的，是一座石拱桥，美国人把它全部拆下来，装卸到轮船上，运回美国，按照原来的模样建在这里，成为一个景点。桥下有小镇，我们下车在镇上沿河岸漫步，然后登桥，照了些照片。在镇里的饭店用餐后，又去科罗拉多河的胡佛大水坝。从洛杉矶去科罗拉多州，沿途多是沙漠，晚上在个小州的首府的旅馆住一宿。第二天才见到胡佛大坝和坝后的水库。据说，当年修坝就为了把科罗拉多河的水蓄在这里，以发电和为拉斯维加斯建城使用。当日，我们赶到科罗拉多大峡谷，下午到达拉斯维加斯。这些地方，我过去都来过。记得头次到大峡谷时因是深秋，秋雨绵绵，峡谷就看不清楚，就看了一场大峡谷纪录片的电影，据称是一位工程师费了三年时间拍成的，非常壮观而惊心动魄！今天，峡谷的能见度较好，可以望见对岸的山峦和底下的深谷，确实足以称为世界罕见的奇观！

　　到拉斯维加斯已傍晚，暮色苍茫，华灯四起。大家决定上街去逛，但熊召政说他已逛不动，我们几个逛到半路，周梅森也宣布逛不动了，提前回宾馆。他们两位，被号称为团中作家的"大款"，每到一地，总首先拿出手机，给国内的代理人打电话，了解股票行情，指示对方买进或抛出，显得非常辛苦！结果走着走着，最后只剩下陈立刚、余光慧和我三个人。我们坚持看了街头水幕音乐和电影，进入威尼斯旅馆看运河水道四通八达，进入埃及金字塔式的建筑和电影公司等许多有特色的场所，看了许多表演，充分领略了这一娱乐城的方方面面。直到下半夜三时，实在都走不动了，才一起打的回宾馆就寝。这也是我第二次来拉斯维加斯，第一次与董乃斌随旅行团来，没有这么从容地逛。这里的宾馆无一不兼赌场。大抵楼下一二层都是赌场，三层以上作为旅馆。许多美国人，而且多半是老头老太太，聚精会神地坐在弹子机前赌。据说，拉斯维加斯最早是因为修铁路而兴盛起来，那时有许多华工，被征来修铁路，平时无事可做，就聚赌。后来又出现了黑社会，裹胁人们去赌。到了上世纪50年代，大公司进来投资，整个城市焕然一新，黑社会也被取缔，就变成了沙漠中欣欣向荣的娱乐城、旅游胜地。

5月30日

　　从拉斯维加斯驱车回洛杉矶，仍然住进原来的旅馆。即去好莱坞电影城参观，又去看了迪斯尼乐园和市中心的百货广场。洛杉矶只有市中心有几栋高楼，其他多是二三层的建筑，乃至有许多平房。因为这里是加利福尼亚地震带，所以城市面积特别大。家家都备有汽车，多至人均一辆。马路上，逢到上下班，车就很堵。参观的几个所在，我过去也去过。因是集体团队，只好陪大家又走一趟。第一次来，当然非常有新奇感，如电影城能表演加勒比海盗，埃及金字塔的内部，忽然发洪水的景象，还有可以乘船游热带森林中的小河，看到恐龙，从瀑布冲落下去的险境等。迪斯尼乐园里有米老鼠、丑小鸭扮相的导游，有鬼屋，有太空影城，有许多奇奇怪怪的建筑，走行其中，如入童话世界！

5月31日

结束美国之访，十天驱车走了美国的九个州。真是走马观花，浮光掠影！所到之处，除了参观，就是会见华人作家。

北疆考察记

2007 年 6 月 17 日　晴

晨到达机场，八时二十分起飞，十二时半抵达乌鲁木齐机场。此行为中国社会科学院学术委员会所组织的文化考察团。由副院长汝信带队。同行有吴元迈、李惠国、张显清、张椿年、杨圣明、刘海年等二十二人。即驱车离开机场去天池，与二十年前我首次到新疆相比，道路大为改善，山中添了许多建筑，还有缆车。考察团的成员已多年高，不能坐缆车，另租车上达天池。因晴天丽日，景色绝佳，博格达雪峰时隐时现，池水碧绿，最深处透出蓝色。池周群峰环绕，树高林密，草坡茵然。大家纷纷在湖畔各景点留影。傍晚回乌鲁木齐市，入住东方王朝酒店。店在新华路附近，为市区商业中心，因正在改造街道，显得交通拥挤。晚七时，新疆常务副主席杨刚等领导宴请我们考察团全体团员。十时回所住酒店，与家中通了电话，即就寝。

2007 年 6 月 18 日　晴

上午到新疆社会科学院与该院学者座谈，我方由杨圣明委员讲当前的经济热点问题，于祖尧委员讲当前的经济界的理论问题，郎樱委员谈文化多样化与文化遗产保护问题，还有一位委员讲中美关系问题。中午，该院领导宴请。下午稍憩，即驱车参观红山公园，登高眺望，乌鲁木齐市区高楼林立，道路纵横，车如流水马如龙，俨然一座现代化的大城市！与二十多年所见尘土飞扬的平房城市相比，可谓天翻地覆，焕然一新。

之后驱车去机场。六时许乘飞机北去，一小时后到达北疆的阿勒泰机场，入住阿勒泰市金山宾馆。晚餐后沿额尔齐斯河两岸的街道散步，领略一番边城的市容。但见街道整洁，建筑不高却色彩明朗多姿。小学的校园里有许多当地民族妇女在音乐声中跳舞，似在锻炼身体。河畔的广场上有许多市民在乘凉、休憩和散步。此城虽不大，但建筑多有民族风格，富于色彩。回到宾馆即洗漱就寝。

2007 年 6 月 19 日　晴

早餐后即乘车去喀纳斯湖景区，途经布尔津县。沿途先是山岗，后是平原和沼泽，长有许多芦苇和沙枣林，然后进入阿尔泰山区深处，但见遍山的草坡和树林，草坡上有牛羊和骆驼，树林多是西伯利亚云杉、冷杉和落叶松，还有许多白桦树和花楸树，到处山清水秀，与南疆绝然不同。

中午抵达贾登峪，住入宾馆。只见一座座白墙红瓦的西式建筑分布在山林的碧茵茵的草坡上，低洼处有流水，有牛羊和马群，远处还可以见到山峰上的皑皑积雪，闪耀着银一样的光辉。风光绝似瑞士。吃了午餐，立即乘车去喀纳斯湖。入口处要购票，号称国家生态旅游公园。途经圣水泉，石人像，到达喀纳斯湖畔，换乘游艇，向湖中进发。据说湖深一百八十八米，是古代冰川融化后留下的湖泊。此湖南北狭长，宽有数里，可惜天色有变，云层遮住了蓝天，水色灰暗，还有风浪，因此没有能够见到湖中的最佳景色。湖的四周俱有森林，高山环抱，峰顶可见积雪。传说此湖有水怪，曾吃牛羊。有人见过水怪呈黑色，长数丈，曾跃起水面。但也有人认为实际上可能是此湖产的哲罗鱼，因此鱼大的也很大，呈红色。可惜，今天我们什么鱼也没有见到。在湖中泛舟五十分钟，中途折返。登岸后沿湖畔的木板栈道走向下游的出口，可以乘小舟漂流，那即是额尔齐斯河的源头。此河流向俄罗斯的鄂毕河，注入北冰洋。沿岸树林茂密，栈道十分幽静。晚仍回贾登峪宾馆住宿。综观这一带风景确不亚于瑞士，将来好好开发，肯定会成为吸引世人的旅游胜地。

2007 年 6 月 20 日　晴

晨登车，返程经五彩滩景区，下车参观一小时。此处为雅丹地貌，额尔齐斯河流经这里，岸边布满赭红色的巨石构造，类似岗峦起伏，有的像巨兽，有的像千佛山，有的如中国画中的石山，多姿多态多彩，为他处所未见。我们步行其中，顿觉美不胜收，大家在此都拍了不少照片。中午，返还布尔津县城，入住神湖大酒店。据说这是该县最好的宾馆，我们大家的感受都不错，认为在边疆地区能有这样上档次的酒店，实属不易。下午休息，晚饭后驱车到城区夜市，还到大排档的食摊喝俄罗斯的格瓦斯饮料，吃烤羊肉片和烤鱼，恰好这摊位是一俄罗斯老大娘开的。李惠国、吴元迈还与她用俄语交谈并一起唱俄罗斯歌曲。后来，我们又来到一个广场，那里的当地人便跳起哈萨克舞，李惠国也与他们一起跳，一片欢乐声。

2007 年 6 月 21 日　晴

晨八时启程，驱车经过魔鬼城。其实也是一种雅丹地貌，像一座座城墙的断垣残壁。据说到黄昏时分，风刮过，其声回转共鸣，有如鬼哭狼嚎，非常恐怖！我们是上午到此，太阳酷热，大家略作停留，拍了几张照片，即离开。途中在一家道旁饭店吃午饭，然后又驱车前行。下午一时抵石油城克拉玛依。沿途可以看到许多油井的磕头机，即采油树。

克拉玛依城虽不算大，却焕然一新，十分整洁，是全国有名的卫生城市。我们入住正天华夏大酒店，档次相当高，设备可谓一流。我到街上走了一阵，行人很少，太阳晒人很毒！晚饭后，大家乘车在城里转了一圈，大略浏览了城市的文化风貌。十时半，我又到护城河边的公园游览并观看河上的两座桥，一座石拱桥，一座现代的斜拉桥。还观看了音乐喷泉和水幕电影演出，喷泉长一百二十三米，宽五十米，喷射出种种式样的配有音乐和彩色灯光的、高达云天的水柱，更有水幕电影，非常壮观。此城最初的建设者是在戈壁荒原上白手起家的。经过五十年数代人的奋斗，竟建成如此美丽的新城，真可谓后来居上，令人振奋！据介绍，因为石油工人的工资高，所以全城购买小轿车的很多，已有六千余辆，可见其富裕。

2007 年 6 月 22 日　晴

上午从克拉玛依出发，乘车经农七师的垦区奎屯市和独山子，沿天山北麓的高速公路西行，可见天山峰顶的积雪。中午时分经赛里木湖，眼目为之一新。湖宽广数十公里，相当储水二百一十亿立方米的大水库。湖水呈深蓝色，近岸现淡绿，完全是大海的景色，为我国其它淡水湖所未见。湖边的草山坡碧绿，有许多牛羊和哈萨克族的毡房，景色极佳。

过此，车盘山而上，即见果子沟。但见绿色山坡上布满苍翠的云杉、落叶松，沟底有山泉奔流。大家在山上拍影毕，又乘车盘山而下，先到霍尔果斯口岸，参观了通向哈萨克斯坦的国门，看到五十吨的大卡货车川流不息，可见两国物流之盛。我们到商务中心购买香水等。然后经过一路绿色田野，到达伊宁市，入住伊犁将军大酒店。已是晚间十时了。饭后即休息。因一天乘大巴车十二小时，奔驰上千里路程，大家都非常累！

2007 年 6 月 23 日

　　晨八时出发，沿伊犁河谷驾车去那拉提景区。沿途仍处天山北麓，朔河谷二百三十公里。沿途夹道白杨高耸，绿野平畴不是种的庄稼，就是草原，水流充沛，天山上的雪水熔化，形成数条溪河汇为伊犁河，从东向西流去，进入哈萨克斯坦。河谷为北疆重要的农业区，比较富庶。驱车四个小时，始抵达那拉提。"那拉提"原意是太阳升起的地方。我们先到一家餐馆，汝信夫妇请大家在哈族大毡房里吃烤全羊，大家穿起哈族服装照了不少照片。李惠国同志还与导游小姐小贝以及哈族姑娘跳舞。

　　下午乘车盘山而上，到达二千八百米高的空中草原。这是天山高处的草原，可见山顶的皑皑雪峰连绵不绝。草原上牧草茂盛，牛羊成群，一片典型的牧区景象。从那拉提回到伊宁已将下午九时，又去看了伊犁河大桥和卖香料的商店，大家都采购不少薰衣草精油，据说能防虫。回酒店吃完晚饭，已是十一时了。至下半夜一时始就寝。

2007 年 6 月 24 日　晴

　　早九时半，从伊犁将军大酒店乘车去机场，十一时十分起飞。飞机沿天山之脊向东，天山的雄伟壮观立现机翼之下。原来天山不是像我所想象的只一条山脉，而是许多山体的集群。从空中俯视，但见山脉纵横交错，群峰竞起，高处的山峰无不白雪皑皑，有的简直成为山中的雪原，连成一片又一片。山体在海拔三千米以下的南坡多是绿草覆盖的山坡，而北坡则郁郁苍苍布满森林。三千米以上的山峰多为寸草不长的石头山，有的山脊如刀砍斧削那样，险峻至极。看着这样连绵数百里的山群，真感到它有如奔腾的兽群，具有排山倒海之势。美处极美，险处至险，集壮丽与雄奇于一体，实在壮伟极了！山群两边就是北疆的葱绿平野和南疆被云雾遮掩的绿洲与沙漠。如果不从天山上空飞越，就难以体会新疆的阔大和广袤！至此，我更强烈感到此次的新疆之行确属不虚此行！

飞机抵达乌鲁木齐后，乘车去到北京路的交通饭店用午餐。之后两时多驱车去吐鲁番。记得1981年我与谢冕、张钟教授等应新疆大学之邀，来参加周振保等的硕士论文答辩。第一次去吐鲁番是沿着一条狭窄的公路穿越天山，花了四五个小时。今天却是车行高速公路，两小时即抵达。徐即去参观高昌故城和火焰山、葡萄沟。后者已旧貌换新颜，前者也完全被商业化了。火焰山的气温已达摄氏五十八度，我们只好到地下商场逛了逛。从葡萄沟参观毕，才进入吐鲁番城区。吃晚饭时维吾尔小伙和姑娘来表演歌舞，我也被拖入与他们一起跳舞，还抱起一个维吾尔姑娘转了一圈，这真是破天荒第一遭！

2007年6月25日 晴

从吐鲁番买了些葡萄干，返回乌鲁木齐机场，即上机飞返北京。机上可见乌鲁木齐往东南的戈壁上建了许多风力发电的风车，很是壮观，这也是新疆的新的景色之一。三个半小时后抵达首都机场，回家已是傍晚了。

2011 年日记

1 月 1 日

中午约小昕和航波、小光一起吃饭。修改《中华文学通史》。

1 月 2 日至 7 日

在家修改《中华文学通史》当代部分的理论批评稿。

1 月 10 日

到总政部宾馆参加李瑛诗文总集出版座谈会。总政治部主任李继耐和中国作家协会铁凝、李冰、张健、高洪波等领导均到会，诗人和诗歌评论家到会的有雷抒雁、孙玉石、杨匡汉、吴思敬、韩作荣等数十人。大家都对李瑛同志的诗歌创作成就做了很高的评价。中午，李继耐主任宴请，他安排我和李瑛、雷抒雁等在主桌与他同席。宾主之间谈笑风生，十分融洽。

1 月 11 日

到现代文学馆参加向阳湖文化丛书出版座谈会，国家新闻出版总署原副署长宋木文和罗哲文、谢永旺、杨匡满等同志数十人出席。我也作了发言。

1 月 23 日　晴

上午中国作家协会书记处书记李敬泽等来拜年，送花一盆。下午五时多,铁凝主席偕秘书来拜年,送君子兰一盆。她每年都亲自来拜年,实属难得!我刚好拟一报告请作家协会为我的文存出版开个座谈会,遂将报告交给她。

1月25日 晴

上午到民族饭店参加《民族文学》三十周年纪念座谈会,副委员长布赫、达瓦买提和铁凝、李冰、翟泰丰、玛拉沁夫等作家协会领导和少数民族作家二百多人参加会议。会后举行了宴会。《民族文学》主编叶梅把这个会议组织得很好,她确实很能干。

1月26日

下午去南三环金龙酒店参加《诗探索》成立三十周年座谈会,由林莽张罗,谢冕、杨匡汉、吴思敬、叶廷芳、邵燕祥、牛汉、孙玉石、刘富春、刘士杰等参加。会后,由一家医药公司的女董事长宴请,上了鱼翅、鲍鱼等,价格不菲。我为他们题了两幅字,实在书法不行。听孙玉石说他当天上午参加了樊骏的遗体告别,才知樊骏已去世,不胜感慨和伤悲!上个月北大中文系举行百周年纪念的宴会,我见到他还气色很好,不料一月不到便已离去。前几天,听说他的肝囊肿破裂,动了手术,我本想到医院看望,没有想到他的病情发展得这么快就恶化了。樊先生是个高尚、纯粹的人,他曾得遗产二百万,全捐给了文学所和现代文学研究会,一生没有结婚。我没有来得及去探望他,真是愧对故人了!

1月27日 晴

中国作家协会在人民大会堂宴会厅举行春节团拜会。铁凝、李冰、金炳华、陈昌本、张锲、邓友梅、苏叔阳、严阵、白刃、李瑛、韩美林、张胜友和我一起在主席桌就座，出席团拜有数千在京的会员。见到了江枫、任彦芳、曹彭龄等老同学。铁凝讲话后，有作家协会合唱团等演出并进行抽奖。

1月30日　晴

上午与小彰一起去永安西里给继母葛林妈妈送年礼，她今年已九十五，幸好身体尚可。但耳聋甚，不大声说话便听不见。中午在她家吃饭，见到张亮。下午回家修改通史稿。

1月31日　晴

在家准备过年，修改中国文学通史稿。文学所新任所长陆建德、副所长高建平偕王忠光、李宗和来拜年和送年礼。

2月1日　晴

在家过节，修改新版《中华文学通史》的当代文学部分。

2月2日　晴

今天除夕，中午与小彰、小邢一起吃年饭并致祭我亲生妈妈的亡灵。晚上，小邢回她父母家过年。只剩小彰陪我。晚上看中央电视台的春晚节目至一时才就寝。

2月3日　晴

今天是正月初一，上午小邢领她女儿京京来拜年。小彰赠她们俩红包。下午修改通史稿。

2月4日　晴

　　小彰于上午赴机场，飞重庆探望她的父母。我乘车去永安西里，见到张默、盛胜夫妇和张伟、高立生夫妇以及张亮和她的儿子、高梅夫妇和他们的女儿。徐后，全家到附近的泰德楼聚餐，把葛林妈妈也扶去。这已成为定规：每年春节全家聚会一次。可是小光总难得参加。今年春节他去了台湾。去年去了云南，前年去了日本。饭后回花家地家里，小睡。修改通史稿。

2月5日　晴

　　在家修改通史稿。给手机的信箱回贺年信。与施元辉通电话，约定明日去看望贾家。

2月6日　晴

　　上午十时，施元辉驾车来，一起去西山国防大学看望贾若瑜、缪柳西夫妇。十一时许才抵达。他们身体尚好，只是将军嗓音略沙哑，可能感冒了。在他们家吃了午饭后，施元辉又驾车把我送回。下午修改中国文学通史稿。

2月7日　晴

　　如约去南城外的马家堡京剧院宿舍看望任彦芳夫妇，见到老同学周奎曾、沈仁康、李希孟、江枫等。周曾任北京市文化局局长，数十年不见。沈原在广东工作，为黄佩玉的丈夫。他们夫妇在北大读书时曾合写一部书，讲抒情诗技巧的。没有想到毕业后两人却离婚了。黄去了加拿大，沈仍当作家。他女儿家在北京，所以他来北京过春节。李希孟原在中国科学院工作，现也退休了，却是一个书法家，一幅字能买几万元。彦芳夫妇到饭馆招待我们吃饺子。饭后，周和李先告辞，我们又回彦芳家谈了一个多小时，彦芳送我到车站，乘701公车回家，来回在车上竟达三小时半。彦芳谈他妻子与儿子的矛盾，真是每家都有一本难念的经。他们夫妇过几天就去美国纽约看女儿去。

2月8至11日

在家修改《中华文学通史》的当代文学部分。

2月10日　雪

北京喜降雪，虽不大，却缓解灾情。因已有一百多天未下雨了。在家修改文学通史稿。

2月11日　晴

在家修改文学通史稿。

2月12日　晴

在家修改文学通史稿，总算完成了第十卷四十二万字的修改稿，历时近两个月。对诗歌部分刘士杰的修改稿做了压缩和改写，也补充了一些材料。理论批评的部分也补充不少。

2月13日　雪

昨夜又下雪，达三厘米，对缓解旱情大有帮助，上午仍不停。补写日记。下午三时汤俏夫妇来访，同她丈夫谈部队当今文艺创作的情况。五时他们才告辞。

2月16日

到现代文学馆参加《现代文学研究丛刊》编委会。副馆长兼主编吴义勤主持，温儒敏、钱理群、闫晶明、雷达、白烨、高远东、解志熙等十多人参加，讨论了第二期和未来的编辑计划。我因被聘为顾问，也发了个言。

2月19日

到惠侨宾馆参加"陈涌文艺思想暨社会主义文艺理论研讨会"。见到贺敬之同志来参加，可见他的身体尚好，十分高兴。参加研讨会的还有陆贵山、吴远迈、涂途、丁振海、李准等几十人。会议由马克思主义文论研究所主持。

2月22日　阴

上午到中国社科院取药并报销单据。嘱托秘书汤俏将向中国文学学科专家征求意见的邮件发出。

2月23日　阴

在家修改《中华文学通史》。

2月24日　阴

阅读《国家社会科学研究规划纲要》并起草发言稿。

2月25日　阴

乘公共汽车和地铁到京西宾馆参加中央宣传部召开的《国家十二五社会科学研究规划纲要》的征询意见会，会议由新任副部长王晓辉主持，有原北大校长吴树青、中国人民大学校长纪宝成、副校长郑杭生以及王家福、吴远迈、杨桦等二十人参加。我也发了言。开到将近一时才就餐，回家已三时，阅读报纸，并修改《中华文学通史》。

2月26日 雪

喜降雪，约三公分，有助于缓解北方旱情。在家修改《中华文学通史》当代小说部分。

2月27日 雪霁

上午，读诗人龙彼德的长诗《坐六》，很难读，后读到刘忠的评论，觉得他解读得很好，真是后生可畏！甚喜！中午小莉和林群夫妇偕他们的儿子来，小光亦回来，遂到附近的涮肉坊吃涮羊肉，招待他们。下午小睡，起来阅《文学评论》2011年第1期，觉得杨义的《老子还原》一文写得颇有功力。他近年研究先秦学术，是下了扎实的功夫的。其治学，值得学习。

2月28日 晴

继续读《文学评论》并写出阅读意见。为龙彼德写评论。

3月1日至25日

在家修改《中华文学通史》第十卷。

3月26日

中国作家协会在中国现代文学馆举办《张炯文存》十卷出版座谈会。铁凝、金炳华、翟泰丰、李慎明、李瑛、王巨才、李敬泽、仲呈祥、钱中文、胡平、梁红鹰、雷达、施战军、周明、白烨、朱向前、潘凯雄、张胜友、陆建德、党圣元、包明德、贺绍俊、何向阳、何西来、樊发稼、王必胜、严家炎、陆贵山、温儒敏、吴思敬、陈骏涛、张志忠、闫纲、肖立生、廖建军等同志与会。会议由常务副馆长吴义勤主持。为此会，中国作家协会拨了专款，现代文学馆为此筹备了多天。会上大家的发言，表现了朋友们对我的厚爱和鼓励，我怀着由衷的感激之情，在会上致了感谢词。

4月12日

偕小彰打的到西客站，应多所高校之约，到河南、安徽讲学。首站即乘火车赴河南新乡市。这是我首次到新乡市，它也算是河南省的一个历史文化名城。我过去虽然久已闻名，却没有机会去。下午五时到达，河南师范大学文学院院长曹书文教授和赵教授来车站接，寓该校宾馆沁园401号套房。晚，学校副校长宴请。校方计划安排我讲学外，还安排我去考察太行山和新乡当地的一些名胜古迹。

4月13日

晨起用过早餐，由张教授陪同驱车去太行山区的景点郭亮。车沿沟而上，但见山崖突起，壁立千仞，高峰雄峙，极为壮伟。太行古为大海，因地壳变动，造山运动把海底的沉积层的水成岩顶出地面，因而，山崖多为沉积岩，层层叠叠，纹理分明。公路凿岩而进，盘山而上，到达郭亮，乃一山村，现建有许多旅馆和餐馆。我们下车后，定了午餐，即步行沿沟傍的道路攀登至"喊泉"，回头吃了午饭，有清炖鸡、山蘑菇、炒野韭和蕨菜等。之后，去参观了天池、龙吟峡、穿山隧道和南坪等景。是日，柳树吐绿，桃花和迎春花盛开，景色殊佳。下午五时回校园宾馆休息。晚上为文学院师生作讲演，共两个半小时。

4月14日　晴

上午由赵老师陪同到七里营人民公社——刘庄参观，此处

是 1958 年全国最早创办人民公社的地方，也是毛主席当年说
"还是人民公社好"的地方。我们先参观了史来贺纪念馆，了解
了刘庄第一任书记五十多年领导乡亲创业的情况，很是感动！之
后又参观了居民的别墅式住房，其质量在北京连部长也住不上。
对刘庄是社会主义的成功典范，留下深刻的印象。下午稍事休
息，三时驱车去参观潞王墓和比干墓。前者是明朝万历皇帝之弟
的陵墓，气象恢弘不亚于北京的定陵，其各种规制仅稍逊于皇
帝。后者为殷代太师比干的庙宇和坟墓。前有新建的大广场和比
干的塑像。奇怪的是围绕墓丘所植的柏树一律向内倾，另外和长
有树干扁平的板柏树和平冠柏，其树冠总超不过坟丘。庙中还长
有空心菜，上长三个叶片，干中空。至六时始回新乡。晚，与文
学院曹院长等一起用餐。

4 月 15 日　晴

　　上午先由曹院长陪同到商业区永和豆浆店吃早点。焦作市
河南理工大学文学院副院长冒建华驱车来接。近十时告别新乡河
南师范大学文学院的老师们，登车去焦作。十一时抵达。寓理工
大学宾馆 511 套房。中午与冒院长一起用餐。下午休息，去武涉
县参观嘉应观。观为清代雍正皇帝所建，设有道台衙门以治水。
观中有雍正时所立治水铜碑，据说所铸碑实外铜内铁，这种铸造
技术，今已失传。晚去大学新校区，为文学院师生作学术报告，
讲文学会否消亡和为什么要研究文学，颇受师生欢迎。回宾馆已
十时。

4 月 16 日　晴

　　早八时半，由冒院长陪同，乘车去云台山。山距离焦作市
区四十公里，进入景区，另换车上山。云台山为太行山之一脉，

形势险峻，山崖峰峦拔地而起，中藏深谷。我们先到红石谷。乘车到半山，然后下山步行，进入深谷的盘山栈道和隧道，进入深谷的清幽底部，中有山间清流碧水穿谷奔流而下，时成碧潭绿池，时成湍流瀑布，而两岸悬崖绝壁夹峙，景色绝佳。因游人如织，肩摩踵接，花了近两小时才回到半山。遂登车下山，在农家饭馆吃午饭。之后又登车上山，至小寨沟景区下车，沿小溪漫步前行，两侧高峰雄峙，气势伟岸，山间绿树层染，并有山花盛放，山溪有竹筏供游人漂流。我们参观了云台山地质博物馆，然后照了些照片才下山。回到焦作已近六时。

4月17日　晴

晨八时半，由冒建华院长陪同驱车去郑州。因郑州大学听说我在焦作，夜里来电话邀请我也去该校讲学。一路驰行，过黄河大桥，十时半到达郑州大学文学院。这里是新建的大学城，有多所大学都在此建了新校区。我们先见了郑大文学院院长黄轶，她领我们驱车入住光华大酒店。下午到郑大和教师座谈。参观该校新区湖畔的樱花园。园中有假山、有人工湖，花红柳绿，景色又恢弘又秀丽。晚，该校校长宴请。黄轶、樊洛平等教授作陪。

4月18日　晴

上午由黄轶院长陪同到黄河岸的霸王城、鸿沟、禹王台和炎黄二帝塑像广场参观。这是个新建的景区。过去，我不知道楚汉相争的鸿沟就在这里，乃是南北纵穿邙山余脉的一道深沟，如今仍是交通要道。炎黄二帝塑像则刻于邙山头，造型巨大，与山头联为一体，甚为壮观。我们缘山绕行，登禹王台俯眺黄河两岸的景色，最后，步入山脚的广场。中午，到一农家餐馆吃午饭，之后返酒店，下午三时商丘师范学院刘纪鹏老师来接。从郑州到商丘，在高速公路驱车仅两小时便到达。寓王朝大酒店。晚，见到老同学葛润林，五十多年不见，他已八十余岁。曾在该校文学院任教并任党委书记，相见甚欢。之后为该校师生二百多人作学术报告，很受欢迎。商丘为殷商古都，乃殷商族的发源地，也是古睢阳所在。现在既有古色古香的古城，又有道路宽阔、高楼林立的新区。

4月19日　晴

由刘老师陪同到鹿邑县参观老子故里和太清宫、原道宫及老子升天台。规制宏大，占地广阔。这些宫殿式建筑自唐宋至今，金碧辉煌不亚于北京的明故宫。宋真宗曾亲到太清宫朝拜并驻跸。下午回商丘，瞻仰张巡祠，并参观了睢阳古城，访古城中明末名士侯方域故居。晚，商丘师范学院文学院王院长宴请。

4月20日　晴

上午九时，阜阳师范学院张堂会教授和文学院王院长来接。中午抵阜阳，寓花园大酒店901。下午三时为文学院师生作学术报告，四时半又与教授们座谈社科项目问题。

4月21日　阴

由张堂会教授和徐老师陪同去亳州。参观中药市场、曹腾墓、阜阳博物馆、曹操运兵道和花戏楼、关帝庙、张飞庙、火神庙等地。运兵道为地下通道，长八千米，蜿蜒曲折，用青砖砌就，工程规模浩大，传为曹操所建。但我存疑。中午由徐老师父母请吃饭，吃到牛蹄筋做的丸子，味极佳。下午回阜阳，小休。晚由文学院院长等陪同用餐。

4 月 22 日　阴

下午张堂会教授等送我们到机场，九时半，乘飞机回北京。

4 月 23 日至 25 日

在家补看报纸并修改《中华文学通史》。

4 月 26 日

到社科院给汝信、江蓝生、杨义、杨匡汉、董之林及当代研究室赠送《张炯文存》。下午，周少雄来访。见到刘跃进，他说先秦两汉至隋代的《中华文学通史》第一卷已发稿，甚慰！

4 月 27 日

上午给康式昭同志赠送《张炯文存》一套，谈及《红楼》月刊的同仁应该聚会一次，后到研究所取信件及药品。下午修改《中华文学通史》第十二卷。

4 月 28 日

在家修改《中华文学通史》第十二卷。

4 月 29 日

在家修改《中华文学通史》。

4 月 30 日

进城看望葛林妈妈，并去看望朱寨同志，他的病已重，执手晤谈半小时，多有感慨！十一时与弟弟张伟夫妇去八宝山革命公墓为父亲扫墓。一时许，在街上吃了午饭才回家。

5月1日

上午修改《中华文学通史》。中午小忻夫妇和小小及小光回来,一起吃了午饭。他们先后辞去。小小将去英国继续学习,给她一千美元。

5月2日

上午修改《中华文学通史》当代戏剧和电影文学部分。因南昌大学百年校庆邀请我为嘉宾并讲学,下午去飞机场,乘飞机去南昌。因雨,先降落在合肥机场,天黑才飞南昌,南昌大学人文学院院长王德保等在机场候接。入住"前湖"迎宾馆。此为花园式宾馆,为省政府所盖,十分豪华!

5月3日

上午在宾馆修改《中华文学通史》,下午为南昌大学研究生做《文学的现在与未来》的学术报告,并回答了学生提出的问题。之后参观了人文学院大楼。晚,出席南昌大学校长周文斌举行的庆祝校庆的晚宴。后去聆听了该校爱乐乐团的演奏会。

5月4日

上午参加南昌大学校庆纪念会。下午休息,晚参加该校文艺晚会。并观览焰火。

5月5日　晴

我来过江西多次,去过庐山、井冈山、明月山、三清山,却不曾游龙虎山。故文学院上午安排李洪华老师和胡娴同学来陪我去龙虎山。驱车从高速公路东北行,十一时到达鹰潭上清镇,找了导游孔小姐，先瞻仰了张天师府，及有关殿堂，可惜张天师居住过的三省院在维修，没能够参观。府中颇多古樟，树龄达上千年、数百年。据介绍，原庙建于宋代，再建于明代，已毁，现多为当代重建。出张天师府后门，到一家饭店用餐，有土鸡汤、小鱼、蕨菜、小竹笋等。饭后驱车去上清宫。惜该宫已毁，现存钟鼓楼、归隐院和伏魔殿。据说，此殿即宋徽宗时代洪太尉放走妖魔三十六天罡、七十二地煞的地方。殿中有一石碑刻有"遇洪即开"的字样，并有一石板盖住一个洞口。我登鼓楼，见巨鼓，号称江南第一鼓，便击了九下。上清宫靠山而建，面对泸溪和琵琶峰。出上清宫又驱车到龙虎山旅游中心，乘游览车观览排衙峰等龙虎山风景，并乘竹排顺溪漂流而下，沿途很像桂林山水，峰峦起伏，景色极佳。最后从悬棺表演处上岸，乘车返南昌。

晚，江西文联主席刘华宴请，南昌大学教授陈公仲、省社科院文学所原所长吴海和省作家协会常务副主席及评论刊物的主编作陪。饭后到王德保院长家小坐，参观了他的二百多平方米的豪宅。他们夫妇俩开车送我回宾馆。

5月6日　晴

上午参观江西博物馆。对古越文化增添了不少见识。下午三时半去南昌大学艺术学院参观瓷器和美术展览，该院党委书记在美丽的庭院请喝咖啡。王德保和胡娴陪同。晚，回到"前湖"迎宾馆用晚餐。修改《中华文学通史》第一卷少数民族文学部分。

5月7日　晴

中午王德保夫妇来，共进午餐，之后，他们夫妇送我到机场，飞广州。因暨南大学为《曾敏之评传》召开出版座谈会，曾老和该书作者陆士清都是我的老朋友。他们邀请我,我不好不去。暨南大学两位研究生在白云机场迎接。驱车送到该校外宾楼,入住202套房。陆士清教授来寒暄一会儿。据说上海与会的人员尚在虹桥机场无法起飞。见到从福建来的《台港文学选刊》主编杨纪岚和厦门大学教授朱双一等。

5月8日 阴雨

上午在宾馆准备会议发言并披阅陆士清著《曾敏之评传》。下午三时参加"新闻与文学的关系——曾敏之创作"研讨会。与会三十余人,见到白舒荣、刘红林和苏州大学的曹教授。曾老已九十四高龄,亲自与会。我和与会者都做了发言。曾敏之老人致答词,陆士清首先对自己的成书过程作了说明,最后饶芃子教授做总结。晚,举行宴会。会长王列耀的博士生李培培等频频敬酒。刘登翰赠送曾老一幅书法:"仁者寿"。他因腰部动手术,未能与会。

5月9日 晴

早餐后登车出发去肇庆,先登鼎湖山,观览大铜鼎,参观了寺院。到肇庆吃了午饭,旋即参观七星岩。这是我第四次游览该处。但风光峻秀如故,唯天气闷热。主要坐游览车,出园后登车去金水台温泉,天黑才到达。晚饭后去泡温泉,有按摩池、鱼疗池等二十几个池子。十时回房间住宿,惜蚊子猖獗,久久未能入睡。小彰从北京来电话,说贺敬之打电话说,不要发表他的贺信。

5月10日 晴

金水台温泉是个集餐饮、住宿、保健、温泉浴等于一体的旅游点。上午由晴转阴。午饭后返广州。晚，夜游珠江，景色极佳。之后，文学院领导邀到歌厅，唱红色歌曲。我唱了《我是一个兵》。十一时回暨南大学宾馆。

5月11日　阴

上午九时半，王列耀教授等来宾馆送行。两位研究生送我到火车南站。车站像飞机场的大楼，很气派漂亮。十时二十分登车，二十分钟后到清远，十一时十分到韶关。十二时到衡山，十二时四十四分到达长沙。速度极快。时速三百五十公里。章罗生教授来车站接。入住湖南大学集贤宾馆，与章教授共进午餐。晚，郭建勋院长、刘再华书记、罗宗禹副院长宴请。

5月12日　阴

上午九时半为湖南大学文学院研究生讲课，题为《文学研究的两个问题》。下午小憩，湖南商学院老师来访，约明日到该校为学生讲课事。晚，在集贤宾馆我宴请湖南大学文学院郭建勋等老师及出版社社长雷鸣、责任编辑肖立生等，并向老师们赠《张炯文存》各一套。章罗生夫妇晚上来访，送来水果。

5月13日　阴雨

上午商学院院长杨虹来接我到该校为学生开讲座，讲《文学的现在与未来》。中午与该校老师合影并共进午餐。回到集贤宾馆不久，长沙理工大学文法学院院长罗璠和中文系主任易彬来访。谈明年在长沙召开当代文学研究会年会事。四时，怀化学院院长谭伟平来接我去怀化，刘再华、杨周来送行。虽有高速公路，到怀化已天黑，寓煌族国际大酒店。晚饭则在路过邵阳时到一家"宝庆传说"的酒家吃的。该店颇雅致，装修得古色古香。

得知魏源、刘坤一、贺绿汀等都是邵阳人。

5月14日　阴

　　上午八时怀化学院党委书记吴波及办公室工作人员小王来陪我去通道侗族自治县，中午到达县城，入住政府宾馆的套间。饭后即出发，先是参观了芋头侗寨，仔细看了他们的房屋结构，一般都分三层，下层放杂物，中层住人，上层为客房和谷仓。全是木结构，钉上木板为墙，颇具特色。村中有鼓楼，似凉亭式的建筑，实无鼓，为村中议事和公交的场所，中有火塘，有些妇女围坐在那里话家常。村子依山而建，以石板铺路而上。村寨有寨门。柱上挂有草鞋，供行人鞋破了可随便换用。据介绍，侗族是极和谐的民族。他们崇拜的祖先叫"萨"，是位老祖母。他们还有"款文化"，实即村规民约，违者处罚最重的是活埋，一般是罚大米若干、猪肉若干。全年节日很多，一家有事，大家都来帮忙。婚姻完全自由。通过男女对歌，互相看上即带入山林，女人孕后方可结婚。婚前男女可自由交往、性爱，婚后则不准再乱交。这里的建筑，鼓楼和风雨桥的屋顶多是三到五层，形如宝塔，皆属民族的特色。后到皇都侗寨，是文化村，村民都穿上民族服装，吹着葫芦笙夹道迎接我们。过第一道门还有姑娘们盛装献酒，要客人饮一口后才放行。这个村落比芋头村更大也更好，风雨桥修得更壮观。我们略一参观，便去看民族歌舞演出，节目出乎意外的好，载歌载舞，民族特色显著。之后又去参加吃"合龙饭"，县委书记也来参加，上百号人围在长桌两边一起吃，非常热闹，姑娘们还来唱歌祝酒，饭后才告辞回县城。晚上，县领导宴请，之后去洗足，接待科科长陪同。他很健谈，说自己毕业于吉首大学，学的是体育，做接待工作已十多年。

5月15日　阴　微雨

上午由副县长和文联主席、副主席、文化局长等陪同去观览万佛山。登主峰之顶，放眼四望，但见群峰丛立，如万佛朝天，景色极佳。此地为丹霞地貌，堪与张家界相比美，将来前途无量！中午在农家饭店吃饭，喝米酒。下午驱车到洪江市，参观古商埠。原来此地在唐宋至元、明、清等朝代都是交通要道、商业中心。沅江与洪江于此合流，古时帆樯林立，物流集散皆经此地，为湘桂黔边界的交通枢纽，所以商务繁忙，有货仓、钱庄、票号、戏院、厘局、妓院等等。据说，抗日战争期间仍非常繁荣，之后便衰落下去，至今已成古旧的陈迹。厘局和妓院现在还有演员在做表演。晚，在该市吃饭。回到怀化已晚上八时，被邀到保健按摩中心，接受怀化学院医学院的医生做按摩，非常专业。

5月16日　晴

晨，吴书记来，驱车到市区，由当地作家向本贵等请喝早茶。向是著名小说家，写过好几部长篇小说。茶后到怀化学院为学生作报告，并回答学生的问题，与该校老师合影。中午由吴书记和中文系江教授等陪同用餐。约二时由该校毛院长陪同上车返回长沙。由于司机开车快，时速达一百四十公里，所以六时即达长沙市区。回忆第一次到怀化，过邵阳即无高速公路，小车要翻越雪峰山，就花了数小时。据说，抗日战争最后一战就在雪峰山打响。日寇十余万人企图打通湘西，攻下企江县的国军陆军总部，然后进入贵州，但遭国军顽强抵抗，兵败溃退。不久，日本就宣布无条件投降了，可见雪峰山的险要。如今修了高速公路，车行如平地，真是数百公里半日还。抵长沙后，入住麓山饭店，师大教授谭桂林、赵树勤等请晚上去洗足。长沙号称"脚都"，意即洗足业非常发达，到处都有洗足点。返回宾馆已十时半，即寝。

5月17日 晴

上午十时师大派车送我到机场，十二时半起飞，在头等舱用午餐，二时许抵达上海虹桥机场。苏州市汤处长来接，与从北京抵达的吴元迈同车去苏州，四时到达太湖文化论坛会址，入住苏州香山国际大酒店。此处濒太湖，为新建酒店，相当豪华宽敞。窗外即可看到太湖的万顷碧波。酒店专为太湖文化论坛而建，却可永久使用。

5月18日 晴

上午参加太湖文化论坛的开幕式。会场面向太湖，属新建专用的建筑，恢宏大气，除主会场外，尚有许多大厅可供开小会。出席开幕式讲话的有国务委员刘延东、巴基斯坦总理吉拉尼和印尼前总统梅加瓦蒂·苏加诺，以及全国政协副主席孙家正、江苏省委书记和苏州市委书记等，气氛甚热烈。下午分组讨论，我参加第一组，由中国社科院副院长汝信主持，有联合国文化联盟的官员和俄罗斯、南非等国的代表发言，我也发了言。晚，观看了苏州文艺表演团体表演的歌舞。有评弹、杂技、魔术和歌舞，共八九个节目。九时回宾馆。

5月19日 晴

上午听了诺贝尔奖获得者、美国教授蒙代尔和北京大学教授厉以宁的发言，还有中国社科院张卓元研究员的评讲，即收拾行李。十一时，苏州汤处长派车送我去上海虹桥机场，在机场用了午餐，二时起飞，四时抵达北京机场第二航站楼，乘巴士回家已近六时。与小彰、小邢一起用晚餐，餐后即打的赶赴京西宾馆报到。入住东楼 1302 号房。晚上看会议材料。

5 月 20 日　晴

上午参加在宾馆西楼大会议厅的大会，听取了中央政治局常委李长春的报告，会议由刘云山主持。陈奎元、袁贵仁和各学科评审专家数百人参加。下午分小组讨论李的报告，由我主持中国和外国文学组的讨论。吴元迈、陆贵山、刘宗树、曾繁仁、关爱和等专家发言。最后，我做了总结。

5 月 21 日　晴

上午听取了中共中央宣传部常务副部长雒树刚的工作报告，后即召开小组会，布置了近日的工作日程，开始审读评审的材料。

5 月 22 日

在京西宾馆阅读评审材料。见到上海原国际关系研究所所长陈佩瑶，谈及缪振鹏夫妇均逾百岁，堪为人瑞。晚开会听取各小组汇报。

5 月 23 日

上午继续听取汇报并投票。决定中国文学组录取二百二十五项，外加一项。下午与陆贵山共同签署意见。晚饭后才回家。

5 月 24 日

在家补看报纸并修改《中华文学通史》第十二卷。

5月26日

在家修改《中华文学通史》。

5月27日

上午修改《中华文学通史》，下午偕小彰乘飞机赴深圳，四时半抵达，同行有谢冕、陈素琰夫妇、刘富春、徐丽松夫妇和吴思敬、殷美乔等。被接到大望村一家酒楼吃晚饭，之后被安顿到东湖宾馆3028房住下。

5月28日

上午参加大望村诗歌节研讨会，会上介绍了《诗探索》"会所"评选出来的五位2010年年度诗人：非亚、阿吾、徐芳、人美等。谢冕、孙绍振、徐振亚均发了言，我和吴思敬也讲了话。会议有当地及来自外地的诗人三十余人参加。下午继续开会，在大望学校，深圳作家协会主席李蓝妮及市委宣传部副部长、当地副区长也来参加，并讲了话。会上朗诵诗歌，很是热闹。孙绍振用英文、俄文朗诵，还用古音吟唱，受到全场的欢迎。晚，由主办方宴请，喝了许多洋酒，九时回宾馆。

5月29日

上午外甥小佳来宾馆，驾车陪我们到东部华侨城游览。地处大山间，建有许多西方风格的教堂、别墅、酒店，还有剧场、饮食街。我们乘森林火车穿行山中，道路两旁绿树婆娑，风景绝佳，空气尤好。中午吃了快餐后回宾馆休息。下午六时，小佳、小红夫妇和小莉、林琼夫妇来宾馆，驾车去市区请吃海鲜。九时回宾馆。

5月30日　晴

上午小莉夫妇来送我们到小佳住家附近的饭店喝早茶。之后，小佳去上班，其他人与我们一起去仙湖公园。湖在山中，到处是森林，郁郁葱葱，登听涛阁，游热带植物园及湖边。因有车，所以节省了不少时间。中午到永和豆浆店用餐，回宾馆小憩。下午二时去深圳大学讲课，南翔副院长接待。晚该校宴请，文学院院长吴予敏作陪。九时，被送回宾馆。与该校副校长李凤亮通了电话，他因脚受伤，致慰问之意。

5月31日　阴

上午十时李凤亮的司机陆平来送我们去机场。在机场吃了午饭，一时半起飞，二时半抵达厦门机场，福建师大伍明春副教授受汪文顶副校长的委托，携旅行车和司机在机场迎接，之后驱车去漳州，入住漳州大酒店。晚饭后，从街上步行回到宾馆。因是市区中心，相当繁华，灯光灿烂，五光十色，高楼不少，街道也宽阔，市区很大，比我想象的要好。我虽福建人，漳州却首次来。漳州大酒店是政府宾馆，相当豪华。

6月1日　阴　有小雨

上午去参观林语堂纪念馆，离市区不远，在林的祖籍地。其祖父为太平军掳走，即失踪，父亲后当了牧师传教，这是林语堂得以受良好教育的原因。馆中展品颇丰，有许多照片和林的著作版本，使我重新认识了林语堂对我国文学的贡献。纪念馆周围全是香蕉林，据说此地所产香蕉口感很好。因时间尚早，驱车到九龙江边，观览江景。九龙江为福建仅次于闽江的河流，从闽西龙岩东下，到厦门附近入海。漳州为九龙江下游，江水清碧，两岸田畴林野，视域开阔。江边树丛中有钓鱼的，烧烤的，洗衣的。中午回市区，用饭后小休，三时去漳州师范学院中文系为研究生讲课，系主任接待，之后到该校学术交流中心，由他们宴请。晚七时回宾馆。

6月2日　阴

上午伍明春和福建师范大学的司机驾车陪同去东山岛，经漳浦、云霄等县。原来东山是一百九十四平方公里的大岛。虽有些山，但地势平坦。我们先到寡妇村展览馆参观，此地原名铜钵村，1950年国民党驻军撤退时抓走了一百七十四名壮丁，这就造成了寡妇村。现在这些寡妇多已亡故，只有少数人才见到丈夫在上世纪80年代后从台湾回来。可叹！徐又开车到海边小坐，领略海边的风光和空气。那里有椰林和沙滩，可见到碧海白浪翻滚。海边盖了不少高级宾馆，可供旅游者住宿。在东山县城吃了午饭，入住海边的金殿大酒店。休息到下午四时，去参观海边的古城堡。现已辟为风景区，据传，此城建于明代万历年间。城墙用石砌，极其坚固，如长城那么壮伟，郑成功曾在此练兵。堡中有关帝庙、风动石、黄道周纪念馆等建筑。还有新建的栈道、喷水池和亭台楼阁等。夜宿海滨的金殿大酒店。

6月3日

上午到漳浦，参观临海的火山公园，沿海边栈道绕行半岛，见到海滩的火山岩石，在此与小彰留影多帧。中午到山崖边的酒店吃饭。此处风景甚佳，有建筑，有树木，有石径，类乎国外的风光。之后，驱车返漳州，旋即去厦门，寓翔鹭大酒店，为五星级，酒店共有一千多个房间，据说是台湾人所经营。傍晚驱车去集美，妹夫天湄来领我们去找到四叔，共到酒店用晚餐。之后，去小弟外甥寓处及他所办的公司。看到已有初步的规模，甚慰！回酒店与老战友瑞仁通电话，约定明日上午去厦门大学聚会。又与陈绍铭表哥通电话。

6月4日

上午到厦门大学与陈瑞仁一起去看望地下党老战友梁晋生。他已瘫痪多年，坐在轮椅上，但气色尚好。他住的是院士楼，妻子对他照顾得很好，堪以为慰！寒暄后，告辞。厦门大学内一家酒店，见到陈逸光、李冰夫妇和陈绍铭，天湄父子也参加。共进午餐，本来应由我做东，却被福建师范大学伍明春抢先付了账。饭后，告辞诸友，偕天湄父子沿环岛大道出厦门，经同安、泉州、涵江去福州。因是高速公路，三小时便到达福州，被安排住进六一路闽江大桥南侧的国谊大酒店的一个套间，可俯眺闽江两岸的风光。妹妹已在酒店等候，他们一家辞去，福建师范大学副校长汪文顶即来，送来两盒茶叶。一是武夷岩茶，一是安溪铁观音。晚，汪与文学院宴请，孙绍振、王光明、席扬、李小荣等教授出席作陪。

6月5日

上午打的到省第二人民医院探望端姨，她因肺癌已扩散，病情较重，已分不清来探望的亲友，不过总算还认得我。之后她儿子小央又领我们去另一医院探望榕生舅，他因痛风病住医院，尚无大碍。探望毕，偕妹妹同到她家，共进午餐。小睡至三时，起床后与他们夫妇聊了片刻，又共同去一家叫摩托罗拉的酒店，由妹妹夫妇请客，请来了同生舅夫妇、巧生舅的遗孀和儿子夫妇、友聪表妹及其子曹勇、曹义等。聚会到九时，由曹义驾车把我和小彰送回国谊大酒店。

6月6日　晴

原答应去妹妹家里过端午节，但身体倦甚，下午妹妹与天湄来，去探望他妈妈，然后由妹妹请客，到师大附近一家酒店共进晚餐。天湄的弟弟、弟媳和妹妹、妹夫等一起为他妈妈过节。晚九时回旅馆。

6月7日　晴

上午到师范大学为文学院研究生讲课。中午，文学院在"聚春园"请客，上了名菜佛跳墙。"聚春园"餐馆是有数十年历史的名菜馆，现在成了豪华的大餐馆。下午小睡，然后汪文顶来接我们去师大新校址参观。地点在乌龙江南岸的闽侯县地界，占地三千余亩，校舍崭然一新。在美术学院参观了闽东十画家的画展，并为之题字一幅："得其神韵。"然后又去参观孙绍振和汪文顶教授等购置的别墅。后到一家饭馆共进晚餐，才在雨中驱车回国谊宾馆。

6月8日

上午由师大派车送我们到宁德市。由宁德市委宣传部调研员邱树添在"云淡服务区"候迎，并送我们去福安市，福安市宣传部部长和文化局长在溪口迎接，入住会展宾馆。下午由邱树添和福安文化局长林著等陪同到富春公园新建区参观，之后，到朋友施元辉的外甥所开的茶馆喝茶，并与他合影留念。晚，福安市政协主席詹翠霞宴请，她特意从赛岐镇赶回，其情可感！黄涛表弟也与席，托他打听友梅表姐的地址。林著局长邀我去参观银器产家，工艺极精美，自称是第四代传人，政府很扶植他，曾得过奖，与之合影。

6月9日　晴

邱树添告别，赴上海开会。林著和市旅游局干部钟平陪我们去白云山，经社口镇和坦洋村，看了坦洋的廊桥。该村是坦洋功夫茶的产地，有二三百年的产茶历史，也是我外祖母的娘家。可惜她家已无后人，有一表姐也不知居住何处。又经湖口村，去观览了溪中所养的鲤鱼。可惜过去有小猪那么大的鲤鱼群已被洪水冲走，现在只剩较小的鱼群，红、蓝、黑色的鲤鱼都有。稍逗留后，经过晓洋镇到达白云山景区新建的大门，遂进入景区，循山而下，去看山涧中巨石间的冰臼。此处山间巨石垒垒，水流冲刷，产生许多圆形石臼或深潭，遇悬崖则成瀑布，后至九龙洞，乃巨石覆盖下的地下河，现铺设钢质栈道，透迤曲折，可潜身而行，时处幽暗的深潭之上，时登豁然开朗的天光之下，巨石有龙首之状，景色甚奇！原拟从穆云乡返城，可惜道路被塌方所阻，只好循原路，至晓洋镇镇政府大楼吃中饭。承蒙镇委书记和镇长招待，在席的还有福安市统战部长。饭后，与他们合影留念。晓洋为宋末抗元诗人谢皋羽的故乡，小镇仅一万五千人，街道也没有一条像样的。此镇我二十年前也来过一次，由地下党老同志林秀明陪同。那时镇政府尚在一座土屋里，现在已建有前后两座楼房。饭后，与当地干部留影纪念。之后，告辞回城里宾馆，小休后，郭籹表妹陪同去探望友梅表姐。她仍住大女儿家里，相见甚欢。她已八十五岁，身体尚好。晤谈后告辞，又去郭籹家，见到她丈夫林树良医生，小坐十分钟即告辞，步行赶回宾馆，林著来接赴福安一中，政协詹主席和一中校长等已召集学生等我去参加赠书仪式。赶到时天已微暗，让他们等候多时，甚愧！将我的《文存》十卷两套，分赠给福安第一中学和福安图书馆，作为给母校和故乡的纪念。林著主持仪式，赠书后，我和校长都讲了话，电视台也录了像。之后，政协主席宴请。完了，由张彤堂妹夫妇陪同去看望幼兰姑姑。她已九十高龄，耳聋，交谈殊不易，送她两千元为祝寿之仪。至此，故乡福安之行算是完满了。

6月10日 晴

上午郭籹夫妇及表弟林文明等来宾馆送行。林著局长陪同我去霞浦。仅一小时许便到达霞浦县城，县委办公室主任就安排旅游局长陪我们去赤岸，瞻仰了日本空海和尚登陆的纪念堂。空海为日本遣唐使，遇风，漂流数月才在霞浦登岸，为当地渔民所救，后去长安留学十余年才返本国。今在西安乐游原也有一座纪念他的寺庙。旅游局长介绍说，每年都有大量日本人来此瞻仰，还有一个日本学者长住此地。纪念堂为仿唐建筑，中有空海的塑像。此地离县城不远，回县后，该县常务副县长刘洪建从乡下赶回陪同用餐。他是师大文学院郑院长的朋友，听说我要上太姥山，便主动要陪我们去，因他曾任太姥山管理区主任兼书记。席间有霞浦文联刘主席作陪。

午后，在宾馆小睡至三时半，文联刘主席来陪我们去三沙港。途中经过留云洞，又称小普陀，为佛教胜地之一。遂登临观览，寺院依山而建，占地虽小，规制不大，却建有许多殿堂，特别是新塑许多佛像，令人有耳目一新之感！寺前临海，碧波荡漾，远处岛屿浮沉，景色尤佳！我们在此拍了不少照片。五时，抵达三沙镇，入住台胞公寓212套间。见到"丑石诗会"的主持人谢宜兴等。晚，出席他们的宴会，许多诗人大喝其金门高粱酒，有的醉倒。

6月11日 晴

按会议安排，乘汽艇渡海去大俞山岛。我少时听说此岛为海盗盘踞，现在却成了风景区。汽艇行半小时即抵达，登岛后又坐车上山。至山顶，只见山中有湖，满坡绿草，确实风光旖旎。旋即海风吹雾，沿山坡而上，越过山顶，有如流云，其景极肖庐山，令人心旷神怡！大家在山上流连忘返，久久才下山登艇回程。下午在一企业家提供的公司会议室开会，由镇委书记致欢迎词，谢宜兴报告筹备经过，然后请我和王光明教授致词，与会者汤养宗等自由发言，会议开得相当热烈。得知丑石诗社已存在26年，开过七届诗会，培养了许多诗人，确属不易。晚宴后，还举行诗歌朗诵会，我参加到十时回宾馆就寝。后来据说，他们朗诵到十二时才散。

6月12日　晴

上午告辞会议人员，宁德市广播出版文化局副局长陈浩志来接我们去太姥山。十时许抵达山门，霞浦刘洪建副县长和太姥山管理区副书记及广播站领导等均在山门迎接，并陪同登山。沿木板栈道而上，以夫妻峰、九鲤朝天等为背景，拍了不少照片。旋过"一线天"，到达新建的盘山栈道，别见一番新的景色。这是我第三次登临太姥山，每次都有新的景致，可谓不虚此行。小彰首次来，也特别满意！中午，到半山的一家酒店用餐。之后，刘县长告别先回霞浦，陈局长领我们去观览了五百罗汉堂。五百罗汉全部为缅甸白玉雕塑，十分壮观。下山又参观了太姥山博物馆，展出沙盘全景及各种地质构造，还观看了三维电影遨游大地与太空，见到恐龙时代的各种兽类，妻子小彰等吓得大叫，不敢再看下去。遇大雨，只好逗留半山，三时许才登车下山。原拟去瞻仰一座古寺，因雨大而作罢。回福鼎市区，入住国际大酒店。小休后，晚上由广播站站长做东。饭后，陈局长告辞回宁德。

6月13日　阴

　　上午广播站站长来送行，并派他的办公室主任送我们到白琳镇的翠郊村去参观古民居。一路盘山，风光甚佳，到处一片绿色。此古民居为富商吴某所建于乾隆十年，历十三年而成，计有三进三院共二十四个天井，十六个厅堂，一百九十二间房，还有东西花园、菜园等，占地极大，外有围墙，先后费白银六十万两。这是我所见到的最大的民居了，而且做工精细，门窗均饰以花雕。房有两层，各院均有道相通。既有供小姐居的绣楼，还有供寡妇居住的寡妇院。除东院尚有吴氏后人居住外，其他均空置，显得空荡寥落。参观后回福鼎城，在一小馆吃碗馄饨即上路奔宁德。入住的也叫国际大酒店，宁德文联主席叶玉琳、副主席缪华已在等候，晚上，由他们宴请。晚，堂弟金鑫来看望，他曾任宁德市公路局局长，系全国劳动模范。

6月14日　阴

　　上午由叶、缪二主席陪同驱车去山上的畲族村，并观看了相传为明代建文帝的坟墓及为他新塑的造像。因打造旅游区，所以道路等均修建得比较好。村居均白墙青瓦，颇类徽派建筑。山中村舍旁还开有人工湖，景色设计很像公园。堂弟金鑫由其媳开车也赶来，遂坐他的车到宁德城里的中医院看望病中的老战友林达正。他因轻度中风，在院治疗，相见唏嘘，交谈片刻即告辞。中午，宁德市政协林主席宴请。下午去参加宁德作家走访红土地的动员会，林主席作了动员，我也讲了几句勉励的话，并与林一起向参加活动的二十多位来自闽东各县市的作家授旗。然后告辞去参观宁德艺术馆，计有名人馆、畲族风情馆等，并与馆长等合影。又参观了一家银楼，其制品十分精致，承赠银制鸡生肖像。晚，宁德市委副书记曾珂宴请。曾珂原在中央直属机关党委工作，年轻而老练，现下放在宁德挂职。作陪的有市监察室主任陈来见、蕉城区委的阙副书记以及市文联主席叶玉琳和堂弟金鑫等。

6月15日　晴

上午叶玉琳来陪同，送我们到福州长乐机场。邱树添、缪华、陈浩志和堂弟金鑫等到宾馆送行。十一时抵达机场。十二时未能起飞。在机场用餐后，至下午两点才起飞，四时半抵达首都机场，到家已六时。此次外出，经广东、福建两省，走了深圳、厦门、漳州、福州、福安等地，会见亲友过百人之多，可谓空前。

6月16日至7月22日

在家撰写《马克思主义与中国新文艺》、《文学艺术的自觉、自信、自强之见》、《新中华文学通史总序言》诸文，阅读陈浩志所著长篇小说《葫芦村笔记》并为其撰写序文。期间，刘跃进代表文学所领导来看望，同来的有陶国斌、曹天成、王忠光等。6月30日国务院直属工委副书记暨社科院老干部局领导和文学所副所长高建平来看望。同日去永安西里看望葛林妈妈并接待她的学生七八人。应姚海天邀请，到什刹海附近之文采阁，接受中央电视台的采访，谈姚雪垠老人的创作。并在文采阁用餐，熊元义、闫浩岗等作陪。

7月25日　北京阴　内蒙古晴

偕中国作家协会人事部王晓华副主任乘飞机去呼和浩特，参加国家文化部组织的"艺海流金"的采访活动，入住内蒙古大饭店701套间，甚豪华。下午稍憩，五时国家文化部副部长欧阳坚和内蒙古自治区副主席刘新乐接见并与港澳来的贵宾和全体团员合影。晚六时，东道主宴请全体与会团员，宣布"艺海流金"文化之旅活动开幕。并演出内蒙古的音乐、歌舞。

7月26日　晴

上午去参观内蒙古博物馆并听取自治区文化厅厅长王志诚介绍内蒙古的悠久文化。博物馆内容丰富，许多展品可以追溯到八九千年前，如红山文化发掘的中华第一龙等。许多精美的动物青铜器和匈奴的黄金打造的王冠，都是过去所没见过的。中午内蒙古文联杨书记和副主席巴尔特、作家协会主席官布扎布等请全国文联副主席冯远和我吃饭。下午参加论坛，我做了关于加强文化和文学艺术交流的两点感想的发言。晚，在文化厅剧场观看演出，也是内蒙古的歌舞，包括长调等。

7月27日　晴

早八时乘车出发，去格根塔拉草原，受到隆重的接待。先是马队全副古代的盔甲在前夹道欢迎并引路进入旅游点的蒙古包，许多姑娘献酒和哈达，然后引入一个大蒙古包，乌兰察布市长赵少华等接待，献上奶茶和各种奶点。中午，市长宴请。下午观看那达慕表演马术、博克和赛马，然后驱车去参观草原的一家人家，并在草原漫步回旅游点，拍了一些照片。晚，仍由市长宴请，在一座大厅里举行，更见隆重。同车有香港特区政府行政局局长曾德成、全国政协委员霍震霆、中央政府驻港联络办宣文部副部长刘汉祺、全国文联港澳台办主任黄文娟等。晚八时乘车返呼市。所经道路系古代的白道，相传王昭君出塞、霍去病征匈奴、唐太宗征突厥都走的这一条路。穿越阴山，经武川，到达四子王旗草原。数年前，我陪张锲代表中华文学基金会给四子王旗一所学校送书和电脑，走的也是这一条路。回到呼市已经夜十一时多，盥洗后即睡。

7月28日　阴

早八时乘车赴鄂尔多斯市，车沿阴山南麓向西，经包头附近向南，因是高速公路，所以中午即达。鄂尔多斯市市容比较新，也比较整齐。高楼大厦不少。我们寓蓝海大酒店旁边的东仕戴斯大饭店，住进1605房。中午自助餐。下午先乘车去鄂尔多斯市新区康巴什参观文化设施，新区离旧区约十公里，是2006年开始盖的新城，全部是新建筑，气象恢弘，设计新颖，但人气不旺。我们参观了大广场、博物馆、文化艺术中心和大剧院，感到十分震撼！正是一穷二白，好画最新最美的图画！鄂尔多斯市经济发展很快，又有煤炭和天然气等资源，年产值已达2643亿元，所以也显得财大气粗。之后又去瞻仰成吉思汗陵，果然名不虚传，越九十九级台阶到达陵寝，白色大蒙古包式宫殿建筑，内有许多壁画和展品。这是衣冠冢，成吉思汗真实葬在何处，至今是个谜。从成吉思汗陵驱车到晚宴的旅游点，也是大蒙古包式建筑，比四子王旗的更豪华壮丽。由鄂尔多斯市副市长白崇明宴请，主要是烤全羊和手抓羊肉，也有蒙古歌舞演出。所以回到宾馆也近十时了。我向市长建议，要使新城繁荣起来，可以向美国的拉斯维加斯学习，把它变成个西部旅游城市，应利用现有条件，组织发展文艺演出业，再整合成吉思汗陵等景点，开辟航空专线，吸引香港、台湾、上海、北京的游客和国外游客来鄂尔多斯消费。

7月29日　阴　微雨

上午离开酒店去沙湾参观。这里是一片沙丘连绵，现在辟为景点。我们先到接待厅小憩，然后坐缆车下到沙丘间的谷底，从那里又升到对面八十多米的沙丘，在张果老倒骑驴的沙塑像前拍了张照片，旋坐以卡车改装的冲浪舟驶入沙漠，又换乘火车进入沙丘深处，再换乘骆驼走了一段路，辗转来到建在沙丘顶处的大餐厅用自助餐。虽在沙漠中，没有想到自助餐倒很丰富可口。饭后看了表演南美拉丁舞，这才又乘坐冲浪舟回到缆车站，改乘缆车回到原处的停车场。等齐了人，便在警车开道下，驶上高速公路沿阴山南麓，回到呼和浩特。阴山山脉绵延数百里，从西向东，山势重叠奇峻，把漠南漠北隔开，黄河到此也从南北向改为东西向。河南就是富裕的河套之地，数百里俱为良田，稻绿树青，景色甚佳！到呼和浩特后仍住内蒙古大饭店原来住的 701 套房。稍为休息，就去用餐，餐毕，到饭店前的马路散步至一公园。夜色阑珊，遂回饭店。

7 月 30 日　晴

　　上午驱车先去城南参观王昭君陵。上世纪 80 年代我曾瞻仰过，那时只有青冢，现在却辟成很大的陵园，有很长很宽的墓道，还有博物馆和王昭君故居等建筑。在博物馆还看了一场节目，表演呼韩邪单于迎亲的过程等，服装灯光均十分华丽，我拍了不少照片。之后又去参观金碧辉煌的大昭寺，据说建于康熙年间，规模宏大，比北京的雍和宫还大，其中有些大殿还供奉不少欢喜佛的塑像。这是喇嘛庙，属佛教的密宗，寺中的壁画唐卡也非常壮丽精美。寺周围还建有仿古街，商肆林立，相当繁华。回到饭店已十二时多，即用餐。下午两时开座谈会，大家谈体会，我以《内蒙古文化的崛起》为题，做了个发言。晚，主办方举行宴会欢送大家。我坐在中央政府驻香港联络办文教副部长刘崇祺和香港凤凰卫视公司副总裁王某之间。宴会演出音乐、歌舞等。

7 月 31 日

上午十一时乘车离开饭店去机场，仍为我订的头等舱。一时起飞，到北京为二时。一周内蒙古之行终告结束。回家小睡，补阅了这些天的报刊。

8 月 1 日至 6 日

将《马克思主义与中国新文艺》这篇长文改好发给安徽大学学报。阅读孙宝林的博士后出站学术报告《浩然研究》，约二十余万字，有比较全面的研究和新的见解。问题是，作者总体上要肯定浩然的创作和《金光大道》，但具体分析中又否定它，涉及对合作化的看法和对革命现实主义与革命浪漫主义相结合的看法如何自圆其说的问题。晚，去中央民族大学，见到晓雪、吴重阳、丹珠昂奔、郭小东、包明德、白烨等，由郭小东做东请吃饭并研究了中国当代文学研究会的少数民族文学研究会的换届问题。九时回到家。赶着读完了重庆作家余德庄的长篇小说《初惑年代》。

8 月 7 日

拟好《重视加强文学艺术和文化的交流》一文，并给内蒙古王世英同志发去。

8 月 16 日

进城到长安戏院"渝信"酒家，参加丁玲研究会会议，讨论召开青年论坛的问题。副会长郑伯农、陈漱渝、王忠忱、张永泉和涂绍钧等参加，并一起午餐。

8月17日

偕小彰到永安西里看望葛林妈妈，她身体状况尚好。午饭后回来。

8月19日

上午偕小彰赴机场，飞运城，转万荣县，住入该县宾馆。见到王庆生、张永健、艾斐等老朋友。

8月20日

参加中国新文学学会二十七届年会暨"革命历史书写"与文学经典研讨会，并在会上致辞。人民日报副总编、散文家梁衡同志也与会。

8月21日

上午参加会议闭幕式，下午随参加会议人员一起去李家庄园参观。该庄园建筑面积达十万平方米，为晋商最大的住宅，比著名的乔家大院还大。宅第连绵，还有很大的假山花园，分布亭台楼阁。李家最后一代李子用曾留学英国，还娶了一任英国妻子麦氏。此人活到1965年才去世。夜宿庄园的宾馆景村别墅，为窑洞式建筑，幽深而凉爽。

8月22日

上午登车先去参观后土祠，祠在荣河镇庙前村的山崖上。此处为汾河与黄河的交汇点，相传黄帝在此扫地祭祖。祠中供圣母像，传说为女娲。庙后有秋风楼，高三层，顶楼视野开阔，可北眺龙门，西望黄河如带。中午到黄河边的温泉度假村用午餐，之后又登车去西滩湿地。此为汾河入黄河的所在，形成数十里的湿地，河汊纵横，水面类湖泊，水色清澈，有别于黄河，如今辟为游览胜地，可乘游船驶入河中。两岸芦苇、垂柳和杂草丛生，有水鸟、游鱼，景色颇佳，比杭州的西溪湿地更为宽阔。舍舟登陆，又可步行去河边的沙滩及荷塘观览。之后又登车去黄河边，大家拍了不少照片，回到万荣县城已近六时。晚收邮件并回复李彦、哈悦信。新文学学会会长王庆生、张永健、艾斐先后来晤谈。

8 月 23 日

飞回北京。

8 月 24 日

在家休息。

8 月 25 日

应黄万华教授之邀，偕小彰飞威海。黄万华教授来机场迎接，入住山东大学宾馆 512 房。窗外即是海，风光殊佳。二十多年前，我到威海，那时只见城市很小，依山傍海而建，一层层楼舍叠建在山坡上。现在已不复见，城市扩大了许多，街道宽阔，海边的街道尤为繁华。晚，该校文学新闻传播学院院长仵从巨宴请，黄万华教授、王亮处长夫妇作陪。晚，将中国作家协会第八次代表大会的工作报告征求意见稿阅毕并提修改意见后，通过电子邮箱发还李冰同志的秘书，请转李冰同志。

8 月 26 日　晴

王艳丽教授陪同去刘公岛参观，该岛新添了甲午海战博物馆等建筑，甚为壮观。山上新建筑不少，可惜没有时间细细参观，只乘电瓶车绕行一周就下山了。看了北洋海军都督丁汝昌当年的公署和他们的蜡像。午后返威海，王亮处长驱车到海边吃午餐。下午小憩，下海游泳。

8月27日　阴

由王亮处长陪同驱车去荣成县的成山头。现也建成许多景区，有奸臣殿、好运殿等，还有汉武帝登临处，铸有他的巨像。还有秦始皇登临处，但将天尽头的巨石改题为"好运角"，实在反映了当地官员的缺少文化和愚昧。午饭后参观了野生动物园，中有多种动物。回到威海已经下午五时。

8月28日　雨

上午黄万华教授陪同我们进城，到海滨公园雨中漫步，殊有情趣。公园陈列许多中外名人的铸像，很有文化氛围，景色也很好。只是雨天，海天俱灰蒙蒙一片。中午在一韩国餐馆吃凉面，殊可口。下午小憩，下海游泳。

8月29日

偕小彰进城，逛了商场，吃了南京灌汤包子和馄饨。下午回宾馆休息到四时，下海游泳。海滩上俄罗斯人很多，多为胖子。晚，文学院仵院长和张副院长及中文系主任在海关培训中心宴请，黄万华教授及王亮夫妇陪同，尽欢而散，情谊殊可感！晚，接中国作家协会党组书记李冰同志的秘书来电话，对我的修改稿表示感谢！

8月30日

上午王亮夫妇来送行，还赠送不少海产品。黄万华教授也

送了许多海产。中午，他们争着送我们到飞机场。结果，王亮处
长送，情意殷殷。等我们进了候机厅，他们才离去。四时飞抵北
京机场，回到家已六时多。抓紧补阅了近日的报刊。

8月31日

在家起草八月份的学术活动情况并发给老干处。下午起草
到香港开会的发言稿。

9月1日　晴

上午去机场二号楼，飞深圳。机上读《庄子》的《逍遥
游》。下午二时到达深圳机场，小佳来接并委托他朋友的公司司
机把我送到香港北角的城市花园酒店，入住817房。旋即参加香
港文学促进协会举办的酒会，应邀在会上致辞，见到老朋友张诗
剑、陈娟夫妇和李远荣以及内地来的白舒荣、杨纪岚、汪义夫、
石一宁、周良沛、许翼新和东南亚来的骆明、戴小华等。认识了
许多新的朋友：蔡丽双和新华社香港分社社长孟军、大公报副总
编张林、纳米科技促进健康应用学会会长江树锐、副会长黎展
朗、香港大学中文学院教授单周尧等。在会上跟好多人照了相，
并接受蔡丽双的赠书。她是福建石狮人，1981年来香港，现任
香港文学促进协会会长，写过不少作品，并有博士学位。与小彰
通电话。

9月2日　阴

上午九时登车去世界华文作家联会会址，参加剪彩仪式。
出席的有曾敏之、饶芃子、潘耀明、张诗剑、舒婷、陆士清、白
舒荣、李远荣、罗朗、周蜜蜜、陈浩泉、杨匡汉、王列耀、钟晓
毅等二三十人参加。据说会所是以二百多万港币买来的。中午到

怡苑海鲜酒家吃茶点。下午乘车去九龙的香港城市大学图书馆，参观了该馆，并在陈列我们的图书前签名留念。三时，举行"世界华文文学的回顾与展望"研讨会，由潘耀明、郑培凯主持，曾敏之老人致开幕词，黄春明、舒婷、我、戴小华、骆明、陈浩泉等主讲。其后又去图书馆用茶点，照相。再乘车回北角，在新都会大酒楼举行世界华文作家联会成立五周年的纪念晚宴。中央政府驻港联络办文体部副部长刘汉祺与会并讲话，我也讲了话。晚宴到近十时才结束，回宾馆已是十时半。

9月3日

上午去香港铜锣湾的现代广场为小彰购买雅诗兰黛化妆品。在街上吃了碗面条，口感很好。打的回酒店休息，后跟小妹张亮通了电话。晚，曾敏之、潘耀明等在凤城酒家宴请。出席的有饶芃子夫妇，杨匡汉夫妇，还有白舒荣、许翼新、陈贤茂、杨纪岚、陆士清等。至十时才回酒店。

9月4日

与张亮妹妹共进早餐，聊了些家乡的情况。十一时，有车来接，遂退房，共同乘车经九龙新界过海湾大桥到深圳，小佳夫妇偕深圳大学副校长李凤亮在福田一家酒馆等，原为宴请李校长，他却送了我一盒月饼一盒茶叶。饭后，到"鹿茵翠地"小佳家中吃晚饭并住宿。他儿子唯唯从云南旅游归来，他已考进深圳大学新闻传播学院。

9月5日

小佳夫妇请吃早茶，之后，小佳开车到市区商业街为我换了电脑的电池，然后送我到机场。在机场用了一碗面，三时半上飞机，六时半抵达首都机场，回家已近八时。

9月6日至8日

在家读报。为《中华孝文化》草拟访问记。7日晚李德纯同志来访，谈柳鸣九同志新出版的两本书。8日吴崇源从上海来访，送来他的长篇小说新作《穿越上海》，要求做序。

9月9日

上午到文学所，取了一些药，到财务室报销。与陶国斌谈了些所里的近况。回家已十二时许。

9月10日　雨

偕小彰到永安西里看望葛林妈妈，送月饼和水果等。大妹张默也在，饭后谈了片刻往事，怕老人累，就告辞。回家已近二时。与小光、小忻通电话。完成访问记。

9月11日　晴

上午周志雄来访，送来花篮。谈了些他的学习情况。十时他告辞，赠予月饼。

9月18日

乘车到国台办参加徐州师范大学申报博士点的论证会，与会的有现代文学馆副馆长吴义勤、北京师范大学美学研究院院长刘勇等，中午在附近淮扬酒家由该校党委书记徐放鸣、副校长方忠宴请。

9月20日

上午儿子小光来接，去参加小莉的儿子林立瑞的婚礼，为他们证婚，到婚宴毕才回家，已下午三时多。此为多年未曾参加的活动，由婚嫁公司承办，颇有新风新意。另一主婚人是解放军301医院的主任大夫，是女方的主管上级。

9月21日

偕杨匡汉飞多伦多，此为我第二次访问加拿大。飞行十三个半小时，到达多伦多时已是次日十三时，但加拿大时间仍为21日。李彦教授的丈夫王老师来机场迎接，并驱车把我们直接送到数十公里外的滑铁卢市，入住酒店在该市郊区，穿过市区才到达。此市没有什么高楼，大多二三层建筑，街道也不宽。晚，又接我们到一华人开的饭店吃饭。见到台湾诗人洛夫夫妇等，滑铁卢大学孔子学院院长李彦在此迎候。饭后到宾馆，困甚，即迅速洗刷就寝。

9月22日

李彦教授来领我们去滑铁卢大学，见到中国作家协会代表团，由李锦祺陪同，团长是叶广芩，团员有王祥夫、宗仁发、素素和董洪道，后者为武汉市作家协会主席。素素是散文家，现为大连市作家协会主席。王祥夫是山西著名小说家。宗仁发是吉林省文联副主席、《作家》杂志主编。后二人，是老朋友了，过去在辽宁一起采风过。叶广芩是皇族，为慈禧太后叶赫那拉氏后人，她的小说多是写满族贵族没落的故事。上午，我们一行驱车去参观"门农教派"所住的农村。"门农教派"来自德国，他们移民到加拿大后，拒绝现代化。至今仍然穿着18世纪的服装，不用汽车，驾古老的马车，不用电灯，点蜡烛，全村看不到人影，树林中一座座农舍异常宁静，周围一片田园风光，让人有来到世外桃源之感！我们盘桓了好一会儿，拍了些照片，还看了当地的廊桥。

9月23日

上午到滑铁卢大学孔子学院开会。先由该校副校长和瑞内森学院院长致词，合影，然后由中国作家代表团成员发言。我和杨匡汉也发了言。中午在学校俱乐部吃西餐。我国驻多伦多的总领事陈立刚出席，做了热情洋溢的讲话。陈立刚原在中国作家协会外联部任主任，后被外交部派往特立尼达多巴哥当大使。现调任驻多伦多市的大使衔总领事。他跟我是老朋友了，曾伴我去访问过爱尔兰，所以相见甚欢！饭后，参观校园。下午继续开会。晚，参加该校举办的音乐晚会，还朗诵了洛夫的诗歌。节目颇丰富多彩。有二胡独奏，还有男生四重唱《游击队员之歌》和《太行山上》，以及歌剧段落《铁路》，最后大家同唱李叔同创作的《送别》才散。滑铁卢大学的校园很大，树林很多，草地也很美。比较起来，学生就没有我们国内的大学多。

9月24日　晴

上午由我和匡汉、从甦、潘玉琦、江扬、邱聪理发言。中午在食堂吃饭，并参加该校东亚系举办的东亚节活动，有韩国学生表演的击鼓和胡琴、古筝演奏，有中国学生的舞蹈，日本学生的服装表演等。下午参观圣雅可布农夫市场，像国内的大集市，人来人往，肩摩踵接。农民来卖各种各样的土特产和自制的工艺品。非常喧闹！我们穿行市场内外，还进入超市大楼，见到各种商品琳琅满目，我也买了一打农民织的厚袜子做纪念。然后大家集合，乘坐大型马车去考察曼农派农庄。见到他们如何做枫叶糖和数百年的大枫树，与马车夫谈农场的历史和现状。我们的马车穿过一片大森林才到达农场，那里的大人孩子也都穿着18世纪的简朴服装。我们先参观了马场，储存玉米的高架，还参观了制作枫叶糖的作坊，一户农家，一家商店，我也买了枫叶糖。晚，到一家德国人开的百年老店吃猪肘，喝黑啤酒。据说，这是一家很著名的饭店，以制作美味的猪肘而闻名。果然，顾客很多，幸亏我们预先订了座。每人一盘大猪肘，煮得烂而不腻，相当可口！黑啤酒也好喝，我在德国喝过。

9月25日　晴　微雨

上午乘车集体去尼亚加拉大瀑布游览。这是我第四次来这个瀑布了，但今天天气晴朗，景色殊佳。我与匡汉在瀑布北岸步行观览，拍了一些照片。下午，大家乘大巴车回到多伦多市，入住市中心的一家宾馆，即乘车游览电视塔周边的老火车站，到一家啤酒店喝免费啤酒，然后又去参观新旧市政厅。多数人去逛商场，我和李锦祺坐在新市政厅前的水池边聊天，看翩飞的海鸥和鸽子。六时，去出席总领事陈立刚同志在官邸举办的宴会。官邸在郊区，车行很久才到达，主人先引导我们参观了他的官邸。一所九百多平方米的豪宅，共有三层的白色建筑，后边还有花园，可以显示我国驻外使节的气派！陈立刚招待大家自助餐，喝红葡萄酒，并致欢迎词。我也讲了话，洛夫也讲了话，宾主尽欢而散。晚回宾馆即入睡。

9月26日

中国作家代表团即日回国。上午由李彦聘请的导游张耕女士陪同我和杨匡汉、潘玉琦去参观省议会大厦和多伦多大学校园，再去参观一个古堡。潘玉琦是来自台湾的女教授，为我们拍了好多照片。中午到多伦多最大的唐人街用餐，街道两旁多是中国字的招牌，恍若在国内一样。饭后，回宾馆取了行李即被送去机场。张耕女士很细心尽责。她把我们送进登机口才离去。她是天津人，来加拿大已八年多，她曾只身游览过二十多个国家，见多识广。下午五时许，我和匡汉到达蒙特利尔机场，该市孔子学院院长荣萌女士来迎接。入住饭店后，即偕同她去参加本市华人庆祝国庆节的晚宴，人数有数百人之多，非常热闹，还有舞狮。该市总领事也出席讲话，是位姓赵的女同志。晚回宾馆即与张彰通电话，才知中央宣传部社科规划办公室要我参加评审大型项目的事，遂与规划办也通了电话。

9月27日　晴

上午孔子学院教师梁涛来宾馆接我们去参观蒙特利尔市的名胜。我们先瞻仰了一所天主教教堂，仿建巴黎的圣母院，外表巍峨恢弘，内部金碧辉煌！又观览了旧城区，看了几家画廊，并拍了不少照片，然后又去运河码头和旧的市政厅。在梁涛先生要求下，给他讲了福建地下革命斗争的故事。中午沿唐人街步行到一家自助餐店，吃了一顿丰盛的午餐，回宾馆休息。三时许，梁涛先生又驱车来，带我们到法国风味的街区和圣劳伦斯河岸去观光。河岸绿草如茵，树丛茂盛，我们把车停在河滨公园，步行到河边，看到河水宽阔，波浪翻滚，水碧浪白，十分壮观！后又驾车到一家快餐店用餐。餐毕，回市区，先去接荣萌院长的父母。其父荣正一竟是北京大学1956级的学生，但已八十五岁，显得老态龙钟。遂同到道森学院礼堂，我和杨匡汉共同做了《辛亥革命与中国文学》的讲座，至九时方散。

9 月 28 日　阴

　　上午九时半，荣萌院长和梁涛驾车来送行，先到超市买了些枫叶糖，给小彰买了件毛衣，然后到大教堂参观。教堂在山上，为安德鲁教士所建，有三个教堂依山叠建而上，要坐电梯上去，颇壮观。梁涛先生为我们拍了不少照片。十一时半，赶到机场，用了午饭，办理登机。一时飞多伦多。二时到达，张耕女士已在等候，她领我们辗转乘轨道车到第三航站楼，才办好转机手续。她等我们进了检查站才招手离去，情意殷殷可感！进了候机厅，把加元花光，买了几件衣衫和两块巧克力糖。三时半登机。

9 月 29 日

　　飞了十三多小时，终于回到北京，到家倦甚。

9 月 30 日

　　补阅了一周来的报刊。处理积压的事项。

10 月 1 日

　　小昕和航波回来，陪我吃晚饭。小光去山西旅行。

10 月 2 日

　　到永安西里探望葛林妈妈，偕张默夫妇、张伟夫妇、张亮夫妇和他们的儿女，陪老太太到馆子里吃了顿饭。下午回家睡觉，因时差还没有倒过来。晚，小彰从四川回京。

10 月 3 至 4 日

　　在家阅近来的报刊，并处理稿子。

10 月 5 日至 7 日

去燕郊寓所休闲，6 日中华孝文化协会副会长郑榕和郑天星、满蕾来访，留他们吃便饭。次日，福安乡亲联谊会会长施元辉夫妇驾车来访，遂乘坐他们的车回城。

10 月 9 至 12 日

到京西宾馆参加社科基金重大委托项目的评选答辩。我这一组的评审专家有北京大学的严绍璗教授、天津师范大学的王晓平教授、《红旗》杂志的刘润为和文学所的赵稀方，答辩结果，饶芃子教授代表暨南大学、谭桂林教授代表南京师范大学、华中师范大学的胡亚敏教授、还有上海交通大学获得重大项目，改为重点项目的有山东大学黄万华教授、湘潭大学季水河教授和武汉大学的陈教授。

10 月 12 日

下午偕小彰飞南京，应南京师范大学文学院邀请讲学。文学院院长朱晓进和谭桂林前往机场迎接。晚，他们在学校宾馆宴请。朱晓进也毕业于北大，算是我的后进校友，已任文学院院长多年，还是南京市政协副主席。此次与我是初次见面。

10 月 13 日　多云

上午在文学院小刘老师陪同下去参观阅江楼，风景极佳，北望长江，一桥飞架，秦淮河蜿蜒南来，穿过市区。周围南京城楼宇鳞次栉比，可以看得见新街口的最高建筑。可惜天气不好，能见度差些，否则还能看得更远。楼之周围已辟为公园，建有不止一处楼阁，种植许多绿树，有石径登临。我们下了楼，还参观了朱元璋的藏兵洞。当年他在这个狮子山藏兵三万，打败了陈友谅。那时，他便计划在狮子山修建阅江楼，并写了《阅江楼记》，还让宋濂也写一篇记，现均刻于景区。但楼并未建，近年江苏省政府才完成了这项工程。下午为该校学生五百余人讲学，朱晓进主持。晚，朱晓进等在夫子庙附近秦淮河畔的酒家宴请，看河上的灯船。秦淮河、夫子庙为南京名胜之地，如今更是繁闹异常，灯红酒绿，喧声四起。

10 月 14 日

上午去玄武湖边的湖滨花园住宅区看望表哥，也是我的入党介绍人林士锋，他们夫妇尚好，晤谈甚欢，还拍了些照片。下午去参观一所古民居，有九十九间房，规模宏大，建筑精致，为甘宁后人所建，黄梅戏名角严凤英曾嫁给这家人。该家儿子、女儿、女婿都爱好戏剧，家中还有戏台，可见当年的富贵。晚饭后，朱晓进等送我们到火车站乘高速火车去上海。一小时便到达，交通大学人文学院派车来接，入住闵行该校学术活动中心。

10 月 15 日

上午，参加该校和香港中文大学文学院联合举办的新人文国际研讨会。见到多年不见的高宣阳，他原在中国科学院宗教研究所工作，后到法国，新近才来交大任教。下午由该校尹庆红同学陪同到黄浦江畔东方明珠电视塔参观，俯瞰上海市区高楼林立，十分壮观，高楼之多，超过纽约，可见上海这二十年发展的迅速。特别是夜色降临，华灯初上，浦江两岸一片辉煌，更加壮丽！放眼遥望，心情鼎沸，为社会主义事业兴旺而自豪！晚，在江畔一韩国菜馆吃乌冬炒面。回寓所已十时。

10 月 16 日

上午我在会上发言，讲自己对于人文和社会科学的认识。发言的还有叶舒宪、张富贵和夏威夷大学的哲学教授成先生。下午去淀山湖和朱家角古镇。后者甚好，拍了不少照片，并在镇上小河边用晚餐。此镇亦属江南名镇之一，傍河而建，古色古香的旧居旧宅连绵不绝，河中可泛舟，河上有拱桥多座，沿河街道，商肆林立，相当繁华。夜晚在河岸用餐，看河中灯光船影随水浮动，月光倒映，恍若梦境。

10 月 17 日　晴

上午十时为该校人文学院学生讲学，并回答他们的问题。中午人文学院院长王杰和学校科研处处长一起用餐。下午二时半，常熟理工学院派车来接。五时到达该校，副院长丁晓原在宾馆接。晚该校党委许书记出面宴请。

10 月 18 日

上午，为该校东吴讲坛就《中华文化场与中国文学观》做报告。丁院长主持。适辽宁《当代作家评论》的主编林建法在场，他现在兼任常熟理工学院《东吴论坛》的主编。他听了我的学术报告，即约定由《东吴论坛》学刊发表。下午去参观虞山及尚湖，山不高，有盘山公路可上，上有亭阁和庙宇，可俯瞰常熟市区及尚湖，漫步山上，景色殊佳。后驱车下山，山下有钱谦益和柳如是的墓。钱是晚明降清的名士，曾官拜尚书；柳是秦淮名妓，后来嫁给了钱谦益。两墓相邻，任人凭吊。我们稍盘桓，即驱车到尚湖长堤边一幽静茶舍用茶，领略附近的湖光山色，雅兴怡然！黄昏时分才回到学校宾馆。

10月19日

上午到苏州看望故友陈逸平，多年不见，须眉皆白。在他家小坐，听他讲下岗后如何被逼去做生意的故事。陈为我初中同学和好友，原来家中殷实。上世纪50年代进上海交通大学电机系学习，毕业后分到北京工学院教书。因女友是苏州人，结婚后不愿到北京来，他只好调到苏州一家电器厂当工程师。上世纪90年代朱镕基总理实行对国营企业抓大放小的政策，他和他爱人的工厂都卖给私人，他们都失业了。无可奈何，他就下海为台湾人做中介，将常熟的布匹服装卖到台湾去，居然发了财，买了好几套房子，现在已将生意交给女儿去做。他本来是艺术气质很重的人，没想到他居然会做生意，且做得很成功！不禁为他高兴，也为改革开放使人的潜力得到解放而高兴！中午请他到附近一酒店用餐。回到常熟已三时，遂小憩。晚许书记和丁院长宴请。

10月20日

上午学校用车送我们去上海虹桥机场，十一时登机飞返北京。到家后小憩，处理积压的工作。

10月21日

上午到现代文学馆参加海峡两岸青年作家对话会，我在会上作了主题发言。见到吴义勤、李敬泽、刘亮程和方忠、谢友顺、袁勇麟等。下午，在家阅读多日的报刊。

10月22日

阅读李衍柱教授的新著《〈大秦帝国〉论稿》一书。请秘书汤俏来修电脑。

10月23日

在家撰写发言稿《推进美学的历史的文艺批评》。小光回家修理电脑。

10月24日

到现代文学馆参加李衍柱的《〈大秦帝国〉论稿》的研讨会，见到钱中文、杜书瀛、陈晓明、何向阳、吴秉杰、周忠厚、葛少政等许多熟人。我做了发言。中午回家准备出发，下午三时四十分去飞机场，偕谢冕、陈素琰夫妇登机飞福州。福建师范大学文学院院长郑家建到机场迎接。驱车到福州已十时，入住国谊大酒店1115号套房。窗外可眺望闽江两岸，高楼林立，灯光璀璨。

10月25日

上午偕谢冕夫妇到母校三一中学，即今外国语学校参加校庆。这是我自1949年春离开学校后第一次回校参加校庆，真是弹指一挥间，一个甲子就过去了。见到许多老同学，皆已八十左右，大多白发苍苍。有吴增藩、林微润、王华彬、张可栋、何镜波、孙一凯、林卓升、林擎天等三十余人，非常高兴！51届同学先座谈，后参加全校校友大会，我应邀在大会讲话，并在教学楼前跟校长和同学一起合影。中午聚餐，地点在原跑马场，现在却盖起许多建筑和饭馆。下午回宾馆小憩。晚，福建师范大学副校长汪文顶宴请我们，郑家建、孙绍振、席扬教授等作陪，尽兴而散。

10月26日

上午八时半，席扬教授来接，去师范大学文学院为研究生讲课。谢冕夫妇去永泰。十时离开福州，去机场，中途在"阿胖"酒店吃饭，多为海鲜，伍老师陪同。十二时到机场，下午一时起飞去昆明，中途在长沙停留。到昆明时已五时多，文联干部赵惠昆来接。进入市区便堵车，到住地酒店已六时半，云南原省委副书记丹增等在餐厅等候，其情可感！因云南文联宴请会议代表。晚八时召开理事会研究换届选举。

10月27日

上午八时半，集中乘车去云南政协礼堂，先集体照相，后举行南社与辛亥革命研讨会的开幕式，会上国民党革命委员会中央副主席修福金、丹增和我先后致辞。下午在酒店开小组会。中午在晓雪陪同下，到丹增家吃午饭，他的夫人卓玛招待。他家居然占地二亩，有座三层楼，非常宽敞。饭后彼此闲谈。晚，由我主持选举新一届研究会领导机构，王彪当选新会长。晓雪来房间看望和聊天。江苏电视台约去拍有关南社的电视片。

10月28日

上午参加大会，听与会者发言，有几位年轻博士的发言颇有新意，很好！张中教授的点评也很好。会上宣布选举结果，丹增和我被选为名誉会长。十一时，吃碗面条，即去飞机场。于润琦研究员等送到机场。一时起飞，到京已五时，打的回家已七时。在飞机上写了关于陆贵山的发言稿，晚上打印出来。

10 月 29 日

上午八时乘出租车到中国人民大学，参加陆贵山从教五十周年暨文集出版座谈会，在艺术楼门口遇见原中国文联党组书记胡振民和原人民日报海外版总编辑丁振海。会上熟人颇多，李准、刘中树、温儒敏、包明德、王杰、姚文放等五六十人与会。我做了个大胆的发言，指出马克思主义学者之间应该也容许有不同的学术见解，我认为陆贵山、董学文和钱中文、童庆炳关于文学是否审美意识形态的不同意见，或胡乔木与周扬关于人道主义问题的不同意见，都属于马克思主义学者之间的不同学术见解。会后，文学研究所新任副所长高建平立即对我的意见表示赞同。中午饭后，回家休息。下午起草关于"王鼎钧研讨会"的讲话稿。

10 月 30 日

偕妻子小彰乘高铁去徐州讲学。入住汉园宾馆。徐州师范大学党委书记徐放鸣和副校长方忠出面宴请。文学所王保生同志在座。他也来徐州讲学。

10 月 31 日

上午徐州师范大学文学院院长黄德志来迎我到该院为学生讲学。中午，徐州作家协会主席宴请，黄德志及几位副主席作陪。之后，回宾馆休息。晚，徐州师范大学学报主编周棉请吃饭，有几位教授作陪。宴后，周棉主编陪同驱车到云龙湖滨观览夜景，湖滨公园景色殊佳，且相当幽静。灯光灿烂中参观了音乐厅、美术馆等崭新的玻璃墙建筑，并沿湖滨大道漫步。过去不知道徐州的云龙湖比杭州西湖还大，经过这些年的经营改造，成为相当好的一个景区。十时回宾馆。

11月1日

徐州师范大学派车送我们及王保生去山东苍山县。因有高速公路,十时即到达县城的兰陵大酒店。入住客房709室。此为新建宾馆,前后有湖有岛有假山,系园林式建筑。过午,来报到的人渐多,见到美国回来的刘荒田夫妇、王性初和河北来的谭湘等。下午该县王会长来看望。

11月2日

上午乘车到该县群众文化活动中心参加"王鼎钧创作研讨会"。王鼎钧先生原籍兰陵,十多岁投军,后辗转到台湾,遂从文,成为台湾著名的散文家,现居美国纽约,我前些年访问纽约时曾见过面。去年海南师范大学为他举办过一次研讨会,我去参加了。这次他家乡举办,所以又请我参加。会议规模甚大,动员许多中学生参加,坐了满满一礼堂。我在开幕式致了词,之后集体照相,大会发言。下午成立王鼎钧研究中心,我被聘为总顾问。

11月3日

继续大会发言,下午闭幕式。我和刘荒田及香港来的陶然先生均作了发言。

11月4日

参观该县的现代化农业基地和农村,又去瞻仰兰陵镇的荀子墓、萧望之祠及王氏祠。萧望之为汉相,其后裔萧衍等在南朝当过皇帝。王家在西晋南迁后成为东晋望族，王敦、王羲之均是，王鼎钧正出此名门。最后，夜色沉沉中参观了兰陵酒厂。"兰陵美酒郁金香"出自李白的诗句，可见其历史的悠久。荀子曾为兰陵令，但其墓在此地却不为我知。为促旅游，政府正大兴土木，在墓前修建牌楼、大殿、回廊等。

11月5日

临沂大学文学院院长张根柱和教授刘香驱车来接，一个多小时到达临沂，入住沂蒙酒店，并用餐。下午到该校为学生讲课，并参观校园。该校占地七千亩，实为高校之冠。建一图书馆，号称亚洲第一。此校原为师专，改成大学，得力于沂蒙地区许多老干部的游说。但校区占地实在过多，大而无当。据说，该校教授都住校内所建的别墅，可见临沂市领导对这所大学的重视！又驱车到沂河畔的书法广场，场为公园式建筑，占地颇大，分布许多巨石，上刻书法，殊别致。因王羲之家乡在此，广场上立有王羲之塑像。晚，文学院宴请。

11月6日

张院长陪同驱车去孟良崮瞻仰我华东野战军消灭蒋军新编七十四师的战场。山不高，约五百米，开车到半山，再乘电瓶车上山。现今山上林木翁郁，但山石磊磊，守易攻难，足见当年我军强攻牺牲重大。山顶有击毙七十四师师长张灵甫的山洞，洞内陈列不少张的三任妻子的照片。他的第一个妻子是童养媳，他曾经杀了第二个妻子，据传她是中共党员；第三个妻子今仍在上海，曾携子到孟良崮来祭奠过张灵甫。张曾是抗战英雄，最后落此下场，殊为可叹！

下山后，中午到一水库边的农家餐馆用餐，吃到美味的鱼。回临沂，驱车观览沂河两岸夜景。临沂本为老区，但近十年建设变化很大，成为北方鲁南一大物流中心。

11月7日

临沂大学派车由文学院副院长陪同，送我们到徐州，路过新沂。中午在汉园宾馆与徐州师范大学方忠副校长和文学院院长黄德志等一起用餐，下午到机场飞返北京。到家已天黑。

11月8日

在家休息并看报纸。

11月9日

上午处理事务，下午去机场，五时五十分，偕小彰去成都参加少数民族文学研讨会。同机有包明德及吴重阳夫妇。抵成都双流机场，有西南民族大学的同学来接，入住衣冠庙的雪城宾馆511房。该校文学院院长在迎候。

11月10日

上午在宾馆休息，到街上吃了午饭。晚由西南民族大学文学院院长请吃饭。

11月11日

上午举行开幕式，该校党委书记和副校长及晓雪会长和中央民委副主任丹珠昂奔与会，包明德同志主持，我也讲了话。中午由西南民族大学校长、党委书记等宴请。下午大会发言。

11 月 12 日

上午推我主持会议，继续大会发言。有十一人发言，之后举行中国当代少数民族文学研究会换届选举，选了丹珠昂奔为会长，包明德等为副会长。玛拉沁夫、丹增和我以及晓雪、吴重阳为名誉会长。

11 月 13 日

上午由文学院彭超老师陪同去黄龙溪古镇参观。此镇有两千余年历史。地处两河交汇处，有码头，城门，街道中有小溪流通过，市面很是繁华，所有商店都陈列丰富的商品，游人如织，肩摩踵接。我们步行一路，拍了不少照片。中午在一家临河的饭店吃饭，有鲜鱼片、酱肘子等，豆腐尤为鲜嫩可口。之后驱车回成都。又参观了西南民族大学的博物馆，看了彝族和羌族的展馆，还有刘文辉捐给学校的藏传佛教的佛龛，属于他们的镇馆之宝，后回宾馆休息。

11 月 14 日　阴

上午南充西华师范大学文学院王副院长驱车来接，中午到达南充，此市有百万人口，颇繁华，原为川北行署所在地，现为地级市，有人口七百余万。入住万泰大酒店，中午，西华师范大学文学院院长傅增弘一起用餐。下午三时王胜明院长陪同瞻仰了张澜纪念馆和罗瑞卿故居，后又去郊区登临陈寿的藏书楼，并摄影留念。晚西华师范大学刘副校长宴请，南充市委宣传部李部长作陪。宴后，傅院长又陪同去做足浴，至十时回宾馆。

11 月 15 日　雨

上午王院长陪同驾车去仪陇瞻仰朱德总司令故居。此地虽

属大巴山区，但身在高山，不见其高。只见山青水秀，景色宜
人。中午，在农家乐吃饭，甚是丰富可口！饭后，在王胜明副院
长陪同下，驱车去阆中市。该市文联主席姚某在阆中古城迎候，
陪同参观了古城的一部分，包括天心楼，滕王阁。晚，入住杜家
客栈，为一大宅。

11 月 16 日

晨起，在附近散步，见古城街道洁净，雨后尤然，门前隔
条街便是嘉陵江。旋与小彰参观了附近几家大宅改成的客栈，相
当风雅，而又古色古香。后驱车去市区，在一家面馆吃当地特有
的牛肉卤面，然后去参观古城的张飞庙及墓园，又参观了举子考
试的贡院，规模甚大，在全国仅次于南京的夫子庙贡院。又乘车
到华门，登至三楼，可俯瞰全城及对岸的青山及魁星阁，景色殊
佳。中午，在江边饮食船上，由市文联主席等宴请，吃的是各种
鱼，堪称鱼宴。大家戏称美女、美味、美景。饭后，告辞，承姚
主席赠书及土产。告别上车，返南充市，到宾馆小憩。晚饭后，
由傅院长陪同，到师范学院新区为学生讲学。新校区相当大，建
设得很好。

11 月 17 日

上午由傅院长陪同，驱车去重庆机场。十一时许起飞，下
午三时回到北京家中。赶看报纸。

11 月 18 日

在家看报。

11 月 21 日

到首都宾馆报到，参加中国作家协会代表大会，安排我住一套间。白庚胜从中国文联调到中国作协工作，将新任党组成员和书记处书记，现在正管会务，很热情。他原在少数民族文学研究所工作，为云南纳西族同志。那时，我兼该所所长，决定送他去日本读博士学位，归国不久即调中国民间文艺家协会任党组书记，是个很有工作活力的年轻人。下午及晚上去北京饭店开党员会及全体预备会，见到许多来自全国的作家和朋友。

11 月 22 日

到人民大会堂参加中国文联第九次、中国作家协会第八次代表大会，入座主席台。会前在主席台休息室见到文艺界许多前辈和将要入座主席台的新人，包括彭丽媛、李维康、姜昆等著名演艺家。中央领导胡锦涛、吴邦国、温家宝等中央常委出席会议，胡锦涛总书记作了重要讲话，中国文联主席孙家正致开幕词。下午在宾馆讨论胡的讲话，由包明德和莫言主持，我也做了发言。晚，为《文艺报》赶写学习胡的讲话精神的文章。

11 月 23 日

到北京饭店金色大厅，听取李冰书记作工作报告。下午讨论李的报告。晚到大剧院音乐厅听武警部队合唱团歌唱。

11 月 24 日

到北京饭店金色大厅参加选举中国作协新一届全委会。下午休会，在宾馆将文章稿发给《文艺报》理论部主任熊元义。

11月25日

上午到北京饭店金色大厅参加大会，宣布新当选的全委会委员及主席团委员、主席、副主席。铁凝同志继续当选主席，我仍任名誉副主席，新补金炳华、丹增、蒋子龙为名誉副主席。新当选的副主席有莫言、阿来等。下午休息。晚到人民大会堂宴会厅参加联欢晚会，李长春、刘云山、刘延东、陈奎元等参加。我坐第二桌，同桌有文化部蔡武部长、国家新闻办公室主任王晨、中央宣传部副部长翟在华、国家侨联主席林军，此外还有金炳华、张健、夏菊花和新任全国文联常务副主席谭某。晚会甚是热闹，所有名角都上台表演，包括秦怡这位九十老人，还有宋祖英、殷秀梅以及郭兰英等老演唱家。

11月26日

白庚胜同志来送行，并派他的车送我到飞机场。上午偕妻子小彰飞厦门，因世界华文文学学会召开的国际研讨会一定要我去参加。近三小时抵达，入住翔鹭宾馆。此为台湾人开的五星级酒店，共有一千五百个房间。晚，与四叔通电话，惜他听不见，只好发短信问候，并约定去探望他。锋青甥来，共进晚餐。后与他驱车过海底隧道，到厦门市翔安区的高新技术开发区，考察他的工厂及设施，共有一千多平方米的面积，颇满意。回酒店就寝。

11月27日

与会长王列耀等会议队伍一起登车，先到集美参观华侨大学新校区，后去泉州参观该校旧校区。此为我首次到该校，印象颇佳！中午，该校校长在泉州市区大酒楼宴请。之后大队伍参观开元寺，我因过去参观过，便在寺门口与司机等喝茶，后白舒荣、刘红林、陆卓宁、施雨等四位女士也来一起喝茶聊天，她们戏称自己是第一、二、三、四副科长，称我为张科长。又去参观泉州博物馆。晚，回厦门，华侨大学校长又在翔鹭饭店宴请。

11 月 28 日

上午乘出租车到集美第二医院，会见四叔。见他身体尚好，甚慰！唯他听力全无，只能书写对话。送他一盒由甥锋青从美国带回的保健药品。小坐十多分钟，合影后即回厦门宾馆，午餐后小憩，即登车去机场。四时许起飞，五时四十分到达杭州萧山机场。浙江外国语学院人文学院院长樊莲英来机场接。他原是山东聊城大学科研处长，早与我认识，调到杭州后多次来电话邀请我去讲学，此次顺路就到杭州践约。入住该校宾馆套间。晚该校党委书记姚成荣宴请。姚原是湖州师范学院院长，与我早相识，曾请我到湖州师范学院讲过学。

11 月 29 日

微染感冒，服白加黑片剂及川贝枇杷膏。晚，去该校新区，为学生讲课，听众约二百多人。回宾馆已十时。

11 月 30 日

赵红娟教授陪同，到西湖岸步行一小段路，然后乘游船，登三潭印月，拍了一些照片，重又登船，经湖心岛，到中山公园上岸。已近午，遂至楼外楼吃饭，赵教授点了糖醋鱼、炒虾仁、东坡肉、莼菜汤，十分可口！赵原在湖州师范学院任教，也早认识我，调杭州不久。饭后，乘的士回宾馆休息。晚，樊院长夫妇驾车来，请我们到市中心的"粥皇酒家"喝粥，又点了鲈鱼等，小酌黄酒。因雨，即回宾馆休息。

12月1日　阴　微雨

赵红娟教授来，陪同参观浙江博物馆，看了许多浙江的青瓷和名画家陈宾虹以及浙籍画家的画，还参观精品馆陈列的竹雕。中午，乘的士到杨公堤南的知味观饭馆，赵教授点了一些特色菜，有鳜鱼、豆腐、青豆等。饭后回宾馆休息。晚，樊院长在宾馆宴请。

12月2日

上午十时去高铁车站，乘高铁到上海虹桥机场，转乘地铁，到浦东机场。从杭州到上海共一小时，而从虹桥到浦东竟花了一小时半！从地铁车站下来，步行到浦东二号航站楼，又花十多分钟，差一点赶不上办登机手续，可叹！从浦东飞湛江机场，近六时，殷鉴教授来接，到达湛江师范学院，已天黑，吴思敬教授等在等候。此次来湛江是为参加吴思敬筹备的现代汉诗研讨会。放下行李，又登车去海边渔村，该校学报王主编请大家吃海鲜，花样很多，如大虾蛄、花螺、石斑鱼、海蛎等。酒足饭饱而归。

12月3日

参加第六届现代汉诗研讨会，与会有五六十人，老同学沈泽宜赶到。他曾经在湖州师范学院筹备召开过一届现代汉诗研讨会。这一次除国内的专家诗人，还有来自台湾逢甲大学的郑慧如教授。我致了开幕词。会期一天。吴思敬作会议总结发言，西南大学的诗论家吕进也与会。晚，参观市区灯景，看到十多年后湛江市区的大变化，大发展，十分高兴！

12 月 4 日　晴朗

上午乘车往雷州市瞻仰纪念唐代刺史陈文玉的雷神庙，庙宇占地面积很大，与小彰在连理树下合照。中午先参观雷州博物馆，见到新旧石器时代的许多展品。又参观西湖公园及宋园，中奉祀寇准、苏轼、苏辙、秦观、李纲、赵鼎等名臣，寇准竟然死在雷州，这是过去不知道的，可叹！中午饭在园旁的酒店吃。之后即登车返湛江。原来，古代雷州是半岛的首府。雷州因每年鸣雷达二百余次，仅次于印尼的爪哇岛，因而得名。回宾馆小憩，下午去海军基地参观登陆舰。返跨海大桥，又参观海滩泳池，并拍照。晚在开发区的四象假日酒店吃饭，回宾馆的路上又去中国城娱乐厅唱歌。沈泽宜、吴思敬、小彰都唱得很好，院长熊国良也唱得好。九时许，我与小彰、吴思敬在中文系主任张德明陪同下，先乘的士回宾馆休息。

12 月 5 日

因北方大雾，飞机延至下午才起飞，所以我们又在学校吃中午饭。二时才出发乘车去机场。该校文学院副院长送到机场。与小彰回到北京家里，已是夜十一时。

12 月 6 日

到研究所取信件，报销单据，见到白烨、陈福明，约定十六日为博士后孙宝灵同志的出站报告答辩。在院部食堂吃午饭后乘地铁回望京中环南路。下午开始阅读孙宝灵的报告。

12 月 7 日

在家阅读孙宝灵报告，并将《马克思主义文艺理论及其面临的挑战》一文发给曹维平，他说，院里要编个论文集。晚，阅报纸。

12月8日

阅读孙宝灵的报告。又读家乡作家卢腾的散文集，他要求作序。

12月9日

在家阅读孙宝灵的报告。与小光通电话。给柳西、文西姐妹发唁电，悼念她们的父亲缪振鹏伯伯去世。他已一百零二岁，可谓享其天年。

12月10日　晴

阅读孙宝灵的出站工作报告。中午小光来，共进午餐，吃了王尧寄来的大闸蟹。小光去燕郊交付取暖费和物业费。应小光要求，赠一套《张炯文存》给他的同学杜海泳、郑捷。

12月11日　晴

阅读孙宝灵的出站报告。与柳西通电话，得知振鹏伯伯去世很安详。正值梅姨的百岁生日。李桂芳发来一组罗丹和卡米拉的雕塑照片，极佳，得知罗丹与卡米拉竟是师生而兼情人，均是天才的雕塑家。

12月12日至18日

为孙宝灵、李清霞举行出站学术报告提修改意见，并找她们一一谈话。

12 月 19 日

上午十一时偕小彰乘飞机赴厦门参加女性文学国际研讨会，入住厦门大学逸夫楼宾馆 522 号。晚，该校人文学院院长周宁设宴款待，在座有吴思敬、陈骏涛、谭湘、乔以钢及该校中文系主任李无未、人文学院副院长王宇等。

12 月 20 日

上午参加第十届女性文学国际研讨会开幕式，林丹娅教授主持，我致开幕词，吴思敬、周宁等讲了话，之后集体照相。继续开大会，由陈骏涛主持，共有十人发言。此次会议海外的学者较多，有台港的，日本和加拿大、美国的。年轻的学者也比较多，很是喜人！晚，庄钟庆教授来看望。与锋甥、四叔通电话。

12 月 21 日

女性文学会议分组讨论。下午出席闭幕式，林丹娅主持，吴思敬总结，谭湘讲话，他们都说得很好。会议圆满结束。晚，人文学院宴请。

12 月 22 日

会议人员去永定参观土楼。约老战友陈瑞仁偕同我和小彰一起去集美看望四叔。四叔他请我们到酒楼吃饭，后又到四叔新租的房子小坐。房子在乐海新区 97 号 705 室。地点离海不远，甚佳！但交通不便。下午回到厦门大学，小憩，四时去看望表舅陈逸光一家。

12月23日

上午，人文学院副院长王宇驾车送我们到机场，飞武汉参加华中师范大学重大课题的开题会。该校魏天无老师来机场接，入住该校新宾馆的大套间。晚，人文学院院长胡亚敏和该校副校长宴请，张永健教授等作陪。在座还有参加开题会的年轻专家赵稀方。

12月24日

上午参加该校重大课题开题报告会，出席的专家有武汉大学的刘纲纪教授、上海交通大学的王杰教授、中国社会科学院的赵稀方研究员和我以及该校原校长王庆生教授。中午该校领导宴请。

下午人文学院院长胡亚敏和魏天无老师陪同我们乘火车赴襄樊市。六时到达，襄樊师范学院人文学院李院长和唐副院长来接，先到汉江边的酒店，该学院李院长宴请，然后沿江滨路看了襄阳古城墙，入住南湖宾馆。此为花园式宾馆，我前年参加"石花杯"报告文学评奖时曾住过。

12月25日　天气晴朗

早六时起床，七时用早餐，师范学院李院长来陪，有襄阳著名的牛肉面，味甚好！七时半即驱车去武当山，胡亚敏、魏天无和襄樊师范学院人文学院李院长、唐副院长等陪同。赵稀方同行。在高速公路行车两小时到达武当山脚下。改乘当地的旅游车到逍遥谷和太子坡，因上山缆车在维修，我们只好徒步上山，中间让我坐了一段轿子。下午一时到达天柱峰宾馆用午饭。再登金顶，纵目四望，周围所有的山都在脚下，真如登泰山，一览众山小。金顶在天柱峰之巅，海拔一千六百一十二米，金顶有真武大帝的镀金铜殿，为明永乐皇帝所建，乃道教胜地。武当山也是武当拳派和剑术的发源地。闻名已久，却无机会来。此次终于如愿。只是没有时间细游。明日还要赶到南京开另外的学术会，故四时即下山，在山上拍了不少照片。原拟参观的南岩宫、紫霄宫和太子坡，都未能再游览了。下得山来，天色已黑，遂登车返襄樊。

12 月 26 日

晨起，襄樊师范学院李院长赶来宾馆一起用早餐，准备了特色的牛肉面。之后，即告辞驱车去火车站换乘快车去武汉，中午抵达，胡亚敏院长在车上招待用餐，到武昌站换乘去南京的 D 车。武昌车站系武汉新建的南站，规模宏大，全部钢结构，非常现代化。此次车经红安、麻城、金寨、六安、合肥、肥东等站，到达南京南站，全程两个多小时，实在神速。从前，由武汉到南京乘船要航行好几天。南京师范大学刘老师来车站接。乘车住入该校南山宾馆 605 套间。人文学院院长朱晓进宴请。该校杨洪承副院长和谭桂林教授等作陪，参加的专家还有北京来的《求是》杂志原副总编刘润为、从日本东京飞返的吉林大学张福贵教授等。

12 月 27 日

上午参加该校鲁迅研究重大课题开题报告会。先由谭桂林报告，然后评审专家发言。我也发了言，讲了课题的重要性，及若干建议，希望重视资料的真伪，在评价鲁迅中要区分大节与小节、神化与非神化等。下午在宾馆休息。与凤凰出版公司赵阳编辑通电话，了解《中华文学通史》十二卷本的校对情况。晚朱晓进宴请，张福贵在座。谭桂林、杨洪承等教授作陪。

12月28日

上午谭桂林和文学院杨洪承副院长来宾馆送行，刘老师送到机场。十一时五十分起飞，下午一时半抵达北京。此次出行，前后十余日。南北纵横数千公里，相当劳累！回家小憩，阅读近日的报刊。

12月29日

上午访问学者任美衡来，为他做个鉴定，并留他吃中饭。下午《中华孝文化》执行主编满蕾来送新一期的清样。此期封面人物为外国文学研究所学者叶廷芳。阅清样。

12月30日

上午到中国艺术研究院参加已逝著名作家柯岩同志的追思会。见到该院副院长王能宪、马列文论所所长陈飞龙，还有参加会议的丁振海、李准、仲呈祥、刘润为、方擷芬、董学文、陆贵山、樊发稼、曾镇南、涂途等数十人。我在会上致了词，表示对柯岩大姐去世的哀悼。午饭后回家。发言稿交《文艺理论与批评》和《渤海早报》刊出。

12月31日

在家休息，阅报，将张曰凯的长篇小说《悠悠玄庄》读完。晚，看元旦晚会。与妹妹张亮、张默等通电话。勉妹也来电话。

本色文丛

　　本色文丛是我社策划的系列图书，持续组稿编辑出版。丛书力图给喜欢品味散文随笔、全民阅读与图书文化、名人日记与学术札记、海外文化的人士，提供良书与逸品。

本色文丛·图书文化

《书香，也醉人》	朱永新著	29.00元
《纸老，书未黄》	徐　雁著	29.00元
《近楼，书更香》	彭国梁著	29.00元
《书香，少年时》	孙卫卫著	29.00元
《阅读，与经典同行》	王余光著	29.00元
《域外，好书谭》	郭英剑著	29.00元
《谈笑有鸿儒》	刘申宁著	29.00元
《斯文在兹》	吴　晞著	32.00元

《淘书·品书》	侯　军著	32.00元
《西风·瘦马》	沈东子著	32.00元
《书人·书事》	姚峥华著	28.00元
《文学赏心录》	杨　义著	30.00元
《文学哲思录》	杨　义著	30.00元
《闲人，书生活》	胡野秋著	即将出版

本色文丛·散文随笔（柳鸣九主编）

《往事新编》	许渊冲著	29.00元
《信步闲庭》	叶廷芳著	29.00元
《岁月几缕丝》	刘再复著	29.00元
《子在川上》	柳鸣九著	29.00元
《榆斋弦音》	张　玲著	29.00元
《飞光暗度》	高　莽著	29.00元
《奇异的音乐》	屠　岸著	29.00元
《长河流月去无声》	蓝英年著	29.00元
《青灯有味忆儿时》	王春瑜著	28.00元

《神圣的沉静》　　刘心武著　　30.00元

《纸上风雅》　　李国文著　　30.00元

《母亲的针线活》　　何西来著　　28.00元

《坐看云起时》　　邵燕祥著　　28.00元

《花之语》　　肖复兴著　　30.00元

《花朝月夕》　　谢　冕著　　28.00元

《无用是本心》　　潘向黎著　　28.00元

本色文丛·日记（于晓明主编）

《读博日记》　　张洪兴著　　31.00元

《问学日记》　　王先霈著　　26.00元

《文坛风云录》　　胡世宗著　　29.00元

《原本是书生》　　于晓明著　　32.00元

《紫骝斋日记》　　马　斯著　　31.00元

《梦里潮音》　　鲁枢元著　　31.00元

《行旅纪闻》　　凌鼎年著　　35.00元

《微阅读》　　朱晓剑著　　35.00元

《从神州到世界》　　张　炯著　　35.00元

《丹青寄语》　　　　崔自默著　　35.00元

《文坛边上》　　　　吴昕孺著　　35.00元

《书事快心录》　　　自　牧著　　35.00元

本色文丛·海外文化

《半岛之半：居韩一年散记》

　　　　　　　　　许　结著　　30.00元

《西行漫笔：一个远足者的异国寻觅》

　　　　　　　　　王兰仲著　　29.00元

《哈佛周记》（暂名）郭英剑著　　即将出版